# 地獄くらやみ花もなき 捌

## 冥がりの呪花、雨の夜語り

路生よる

角川文庫
23538

# 目次

## 主な登場人物

**小《お》野《のの》篁《たかむら》**

気が付くとそこにいる、平安装束に身を包む謎の人物。

**遠《とお》野《の》青《せい》児《じ》**

ニートの青年。他人の罪を一目で見抜くことができる。

**西《さい》條《じょう》皓《しろし》**
悩める人々の相談を受ける、謎の美少年。

**紅《べに》子《こ》**
黒硝子のような目をした謎の少女。

**凛《りん》堂《どう》棘《おどろ》**
世間で評判の凄腕探偵。通称「死を招《よ》ぶ探偵」。

事件が彼らを誘《いざな》うのか、彼らが事件を招《まね》くのか——。

イラスト／アオジマイコ

凛《りん》堂《どう》荊《いばら》
棘の双子の兄。

第二怪　分身あるいはドッペルゲンガー

北小路《きたこうじ》彰生《あきお》
華族探偵として知られる子爵。

凛《りん》堂《どう》椿《つばき》
荊と棘の母方の伯父。

第三怪　青行灯あるいは百物語

景山《かげやま》静流《しずる》
古書店「白翁堂」の四代目店主。怪談会の主催者。

芹沢《せりざわ》猛《たけし》
怪談師。静流の古い友人で、今夜の怪談会を企画。

三枝《さえぐさ》由香《ゆか》
女性怪談師。怪談会に参加。

江入《えいり》叶《かなえ》
若手怪談師。怪談会に参加。

# 第一怪　女あるいはプロローグ

——西條溟《さいじょうめい》です、と少女は名乗った。

スマホのスピーカー越しに、闇そのものが囁《ささや》くような声で。

無明の闇の底で香る花にも似て、色も形もなく、ただ声だけで微笑みながら。

——冥《くら》がりに咲く花だ。

(西條溟って、つまり事件の黒幕だっていう最上芽生《さいじょうめい》って人のことだよな)

ごくり、と唾を飲みこんで、青児はこれまでの記憶を思い起こした。

不破《ふわ》刑事の首なし死体から始まった一連の事件の裏には、長江俊彦《ながえとしひこ》、大濱英理《おおはまえり》、須永《すなが》了悟《りょうご》、邑上文則《むらかみふみのり》という四人の犯人による復讐劇があった。誘拐、監禁、隠蔽——それぞれの役割にわかれて標的たちを死へと追いやった四人は、その内の二人が警察の手で逮捕され、残りの二人が首なし死体となって発見されている。

その四人を犯罪へとかりたてた黒幕こそが〈最上芽生〉であり——つまり今、電話の向こういる〈西條溟〉なのだ。

そして今、事件から生還した青児《せいじ》と皓《しろし》は、彼女からの電話を受けている。いつの間にか青児のダウンジャケットのポケットに入れられていた、見覚えのない黒いスマホで。

(たぶんこの西條溟っていう人の仕業だよな。俺——いや皓さんと連絡をとるために)

なにせ青児は、事件の舞台となったメゾン犬窪《いぬくぼ》の203号室で、この謎の人物と一度顔を合わせているのだ。

——犬神《いぬがみ》。

押し入れの、細く開いた戸の隙間から覗く一対の目。鼻の頭に皺《しわ》をよせ、ぬらぬらと光る牙を剥《む》き出しにしたあの妖怪《ようかい》こそが、照魔鏡の目に映った彼女の姿なのだろう。

怨《うら》み、怒り、憎しみ、妬み——そんな人間の負の感情に呼応して、他者を呪い、破滅へと導く、そんな〈犬神〉の姿が相応《ふさわ》しい罪人として。

(いや、けど西條って……なんだって皓さんと同じ苗字《みようじ》を)

動揺を抑えつつ皓少年の横顔をうかがった。傍目には冷静そのものに見える。けれどスマホを耳に押し当てた手は、目に見えて白くこわばっていた。

それも当然だ。なにせ〈西條〉といえば、皓少年の母親の姓なのだから。

と。

「——嘘ですね」

切って捨てる声がした。え、と驚いて瞬《まばた》きをすると、顔に怒りを滲《にじ》ませた皓少年が、まっすぐに虚空をにらみながら。

「それは死んだ母の名です。少なくともアナタは僕の知る西條湏ではありえません」

途端に青児は、かつて皓少年から聞いた話を思い出した。魔王の血を引きながら半人半妖である皓少年の、その生い立ちにまつわる逸話だ。

——その話によると。

戦災孤児だった皓少年の母親は、半玉《はんぎょく》から芸者になったばかりの十六歳で、薬問屋の後添《のちぞ》えとして身請けが決まった。が、その矢先に〈首刈り魔〉と呼ばれる猟奇殺人犯にかどわかされ——結果として犯人を自死へと追いこんだのだという。

が、見事に生還をはたした彼女を迎えたのは、世間からの好奇と蔑《さげす》みの目だった。

——夜な夜な犯人に人肉をねだったそうだ。

——被害者の生首に化粧をして人形遊びをしていたらしい。

人喰《く》いだ、鬼女だ、と口さがない誹《そし》りを受けた彼女は、外聞をはばかった薬問屋の手で座敷牢《ざしきろう》に閉じこめられてしまった。

そして、そこに現れた魔王・山本五郎左衛門《さんもとごろうざえもん》に五年の月日をかけて口説かれた挙げ句、腹に宿ったのが皓少年なのだと。

「公の記録では自死とされていますが、本当の死因は予期せぬ早産と、胎盤剥離による大量出血です。魔王・山本五郎左衛門が駆けつけた時にはすでに虫の息で、たった一言だけ遺言を残して亡くなっています。そして赤ん坊の僕と共に座敷牢から運び出された母の亡骸《なきがら》は、骨になるまで焼かれて山本五郎左衛門の腹におさまりました」

淡々と口にした皓少年の声には、しかし同時に熾火《おきび》にも似た怒りがあった。

「つまり母の亡骸は、骨一片たりとこの世に残っていないんです。たとえ反魂の秘術をもってしても母をよみがえらせることは敵《かな》いません――となるとアナタは死者の名を騙《かた》る偽者でしょう」

それを聞いた電話の主は、ふふ、とかすかに笑って、

「ええ、そう、その通りです。けれど私もまた西條滉なんですよ。夜な夜な生首で遊び、人肉をねだる、人とも物の怪《け》ともつかぬ鬼女――私は、そんな世間の人々の幻想から生まれた一念化生《いちねんけしょう》の化け物なんです」

その瞬間、わけもわからずぞっとした。

ぽつり、ぽつり、と。

雨だれにも似た呟きから、屍臭《ししゅう》めいたものが立ち上るのを感じたからだ。

血と死の匂う、さながら一片の地獄のような、そんな声で。

私こそが、怨《うら》みを呑《の》んで、人を喰らう――呪い神です、と。

# 第二怪　分身あるいはドッペルゲンガー

この世には、現《うつ》し世で夢を見る鬼もいるのかもしれない。

＊

——昭和十年、帝都東京。

大正末期の大震災によって街のすべてが灰燼《かいじん》と帰し、続く大恐慌によって波瀾《はらん》の幕開けを迎えた昭和という時代は、十年という歳月を重ねた今、グロテスクなまでの速度で都市から大都市へと変貌《へんぼう》を遂げつつあった。

血管がわりの電線を隅々まで脈打たせた街は、電気録音されたレコード盤よろしく車や人をめまぐるしく回転させながら、西洋の薫り高いモダニズム文化のすべてを——猟奇、殺人、探偵といったゲテモノすらも、ただ貪欲《どんよく》に呑《の》みこんでいく。

その一つが〈華族探偵〉と呼ばれた北小路《きたこうじ》子爵の活躍であり、しかし連日のように新聞やラジオを賑わせる探偵劇の裏側には、人ならざる者たちの存在があった。

凜堂《りんどう》荊《いばら》と棘《おどろ》——兄と弟、探偵と助手、二人で一対となった双子の少年探偵だ。

＊

忠犬ハチ公が死んだ。

さかのぼること数ヶ月前——三月八日のことだ。

帰らぬ人となった飼い主との再会を待ち続けた老犬は、満十一歳で生涯を閉じ、新聞の記事でその死を知った棘の胸に一抹のやるせなさをもたらした。

一家心中、強盗殺人……と陰惨な新聞見出しのひしめく不景気のただ中にあって、生前に銅像まで建てた大衆の熱狂ぶりには、正直、鼻白むものがあったが、生涯をかけてただ一人の主人を待ち続けたのかと思うと——なんというか、身につまされる。

が、しょせんくだらない感傷だ。実際、訃報《ふほう》を耳にした荊の反応は「ふうん、そう」という無慈悲な一言だったのだから。

——ところで、今はお前が死にかけてるみたいだけど？

でしょうね畜生、と夢の中で悪態をつく。

その直後に。

「……殺す気かっ！」

ザバア、と、目覚めと同時に水面から頭を引きぬいて棘が叫んだ。

目の前には、水をなみなみと注いだ琺瑯《ほうろう》引きの洗面器が一つ。察するに、就寝中にやって来た誰かが、眠っている棘の頭を洗面器の水に突っこんで立ち去ったのだろう。

犯人が誰か考えるべくもない。荊だ。

こめかみの血管を蚯蚓《みみず》のようにヒクつかせつつ、濡《ぬ》れた前髪を片手でかき上げる。

場所は、書斎の窓辺に置かれた長椅子だ。

四方の壁を本棚に占領され、部屋一つが書庫と化した書斎は、大理石の暖炉からその手前の肘掛《ひじか》け椅子まで、本の群れに侵食されつつあった。窓辺の長椅子を除けば、住人の居場所などどこにもないようなありさまだ。

胡乱《うろん》に目をすがめて卓上の置き時計を見ると、すでに午前十一時を回っている。うたた寝のつもりが、うっかり寝過ごしてしまったようだ。

(とはいえ、溺死《できし》させられるいわれもないが)

うんざりと溜息《ためいき》を吐いて、棘は長椅子から立ち上がった。

ヨーロッパ風の調度品で統一された室内は、長椅子の猫脚が深々と沈むほど厚みのある絨毯《じゅうたん》が敷かれ、屋内でも靴をはいてすごす純洋式の暮らしぶりがうかがえる。

それも当然、兄弟が身を寄せているこの場所は、長期滞在外国人向けの高級アパートメント・ホテルの一室だ。コンクリート造りの、地上四階、地下一階建て。その三階に位置する三〇一号室こそが、兄弟二人の居室だった。

トランク一つで入居できる——という謳《うた》い文句の通り、汲《く》み取り不要の水洗式トイレにガス調理台、そんな最新式の設備がそなわったこの建物には、各階に専属のメイドが常駐して、掃除や洗濯、クリーニングの手配までこなす上に、ホテルの帳場――フロント然とした一階ロビーでは、つねに恭しい態度をしたボーイ長が、住人たちへの目配り気配りを行き届かせていた。

四六時中、他人の目にさらされていると思うと、正直、窮屈さを感じないでもないが、住人のほとんどが外国籍で、ドイツ語と英語がまぜこぜに飛び交うこのホテルだからこそ、東洋人らしからぬ容貌をした二人が奇異の目を向けられずにすんでいるとすれば、文句を言える筋合いもない。

(ここでの暮らしも、もう二年か)

もともと二人が生まれ育ったのは、母方の生家にあたる東京郊外の西洋館だった。子育てを母方の一族がになうのは、古《いにしえ》から続く魔族の習わしだ。が、兄の荊と瓜二《うりふた》つの容姿をして、生来的に虚弱だったと伝えられる生母は、出産と同時に亡くなっている。

そして周囲の反対を押しきる形で、兄弟二人で英国に洋行したのが、三年前。洋古書蒐集《しゅうしゅう》を趣味とする荊の要望で、古本屋街として知られるチャリング・クロス・ロードやホウボーン、あるいはエレファント・アンド・カッスルで開かれる古本市を巡り、そのつど荷物持ちとして連れ回される生活にほとほと嫌気がさした頃、このまま兄弟二人で国外に移住する可能性を危ぶんだらしい父親からついに帰国命令が下った。が、生家には戻らないまま、兄弟二人のホテル住まいが続いている。

棘からすれば、帰る家というのはしょせん双子の兄がいる場所だ。ならば月々高額な居住費をとられる不経済さを差し引いても、気兼ねする親族の目が周りにないだけ、今の暮らしの方がいくぶんマシに思える。

（いや、ただ一人だけ）

今、扉の向こうにいる存在に思い至って棘は内心眉《まゆ》をひそめた。

母方の伯父《おじ》、後見人。いや、もっと相応《ふさわ》しい肩書きで呼ぶなら――お目付役だ。

「失礼します。ご挨拶《あいさつ》が遅れて申し訳ありません」

詫《わ》びつつ扉を開けた。が、来客を迎えるための客間に、予想した人物の姿はない。テーブルに空のティーカップが一客あるのを見るに、おそらく台所だろう。釉薬《ゆうやく》の光沢を帯びた西洋陶器は、三年前に荊が英国で購入したアンティークのものだ。

テーブルをはさんで向かい合った長椅子の一脚には、荊が一人。詰め襟のシャツにズボンという見慣れた服装で、すでに冷めきった紅茶のカップを放置したまま、膝《ひざ》に広げた本のページをめくっている。

『黒死館殺人事件』という、いかにもおどろおどろしい題名からして、おそらく探偵小説の新刊だろう。ひとを溺死寸前に追いやっておいて優雅に読書か、と罵声《ばせい》の一つでも浴びせたくなる状況だが、それ以上に気になるのは――。

「伯父君はまた台所ですか。客人に手ずから茶を淹《い》れさせるのはさすがにどうかと」

いちおう苦言を呈したものの、当然のように荊から応《こた》えは返らなかった。

冷たく硬い質感を帯びた横顔は、眉一筋さえ微動だにしない。読書に集中すると周りの声が聞こえなくなるのは、いつもの悪癖だ。

(蠟《ろう》人形――というよりも、まるで死体だな)

わざと音をたてて長椅子に腰かけながら、苦々しい思いで荊をにらむ。

思い返せば、つい数時間前の朝食の席でも、フォークの先で皿の料理をつつくばかりで、口に運んでいる様子はなかった。

心なしか――いや、明らかに顔色も悪い。濁った真珠のようにくすんだ肌色は、西洋の棺桶《かんおけ》にでも横たわった方がよほどしっくりくるように思える。ただでさえ限界まで贅《ぜい》肉《にく》のそげ落ちた首筋には、薄青い静脈が透けているのに。

「ぞっとしませんね」

小さく舌打ちして口の中で吐き捨てる。

本音を言えば、今すぐ膝の上の本を叩《たた》き落として、料理人か医者の前に引きずっていきたいところだ。辿《たど》り着く前に返り討ちにあうのがオチだろうが。

(背がのびないのも、結局は栄養不足が原因だろうに)

第二次性徴を迎えた時点で、魔族の成長は止まる。いや、正しくは、人間の目から見れば、ほとんど止まって見えるほど成長速度が圧倒的に鈍る。

が、かつては写し鏡のように似通っていた二人の身長は、今や頭一つ分ほど棘の方が高さを増していた。踵《かかと》のある靴をはき始めたのを見ると、荊本人も気にしてはいるのだろう。そのわりに食事量をあらためないのがまったく解せないが。

と。

「敬語、いつ止めるつもり？」

訊ねたのは荊だった。手元の本から顔も上げないまま、不意打ちのように。

「死ぬ時に。この先、止めるつもりもありませんので」

「へえ、そう。そのわりに未《いま》だにちょくちょく敬語を忘れてる気がするけど」

でしょうね、畜生。

げんなりと漆喰《しっくい》細工の天井を仰ぎながら、頭の中で数字をめぐらせる。

——五年前。

もう、あるいは、たったの——どちらの言葉が相応しいのか、それはわからない。

何にせよ、棘が兄の荊に対する言葉遣いを改めたのが、五年前——年に一度顔を合わせる父親の口から、この先に待ち受ける跡目争いについて聞かされて以来だった。

十三人の兄弟のうち、悪神・神野悪五郎《しんのあくごろう》の跡取り息子として、王座争いに挑めるのはただ一人だけ。そう聞かされた時点で棘の心は決まっていた。言葉遣いを改めたのは、それを対外的に表明するためのパフォーマンスだ。

双子の兄である荊を悪神・神野悪五郎の後継者として支持する、と。

どちらが兄で、どちらが弟か、たとえ明治の太政官布告《だじょうかんふこく》によって兄弟の順が変わろうとも、荊を主とし、棘を従とする在り方を変えるつもりはない、と誓うために。

（しょせん、くだらない意地なんだろうが）

その意地を張り通すと決めた以上——補佐役として兄に並び立つことのできる存在は自分しかいないと、そう自分自身に証明し続けることを怠《おこた》るつもりはなかった。

たとえ荊自身は「馬鹿だね、お前は」の一言で片づけたとしても、棘としては肩をすくめてこう応えるだけだ。

——でしょうね、畜生。

と、コンコン、と控えめなノックの音がして、

「ああ、やはり棘様もいらっしゃいましたか」

弾力のある紅茶の香りと共に現れたのは、すらりとした洋装の男性だった。

外見上の年齢は、三十代後半だろうか。年齢にそぐわぬ半白に、薄い口髭《くちひげ》。銀縁眼鏡の似合う上品な風貌は、ぱっと見には英国紳士のようにも映る。

——凜堂椿《つばき》。

幼くして生母を亡くした二人の後見人であり——悪神・神野悪五郎の代理人として、週に一度、兄弟と面会を続けている監視役だ。

「お目覚めはいかがですか？　お加減が優れなくて臥《ふ》せっているとうかがいましたが」

「いえ、大丈夫です」

危うく溺死しかけましたが、と胸の内でつけ加えて、じろっと横目で荊をにらむ。が、しれっと読書を再開した荊はどこ吹く風だ。

と、伯父の手にしたトレイから、紅茶の注がれたカップが一客、棘の前に置かれた。

伯父自身もまた、揃いのティーポットから空のカップに紅茶を注ぐと、小皿にのった薄切りのレモンを一切れ浮かべる。さっとスプーンでひとまぜして、酸味が強くなる前に取り出した。アメリカ発祥の飲み方だそうだが、昔からこの飲み方を好む伯父のために、兄弟の台所にはつねにレモンの用意がある。

そうして紅茶を一口すすった伯父は、ゆったりと品のいい笑みを浮かべて、

「おや、小栗虫太郎《おぐりむしたろう》ですか。私も先日、アメリカの新進作家だというエレリィ・クキーンの『エヂプト十字架の秘密』を読みまして——」

どうも今日の話題は探偵小説、それも翻訳モノのようだ。

はなから門外漢の棘は、三分と経たずにあくびを噛《か》み殺すはめになったが、アガサ・クリスティやディクスン・カアの作品を愛読しているはずの荊も、素っ気ない相づちをくり返すばかりで、右から左に聞き流しているのがありありとわかる。

飽き飽きしているのだ。安穏とした生活の代償とも呼べる、この茶番劇に。

(さすがに発言の一つ一つに台本が用意されてるわけでもないんだろうが)

この会話そのものに意味はない。どんなやりとりがくり広げられようと、裏に隠された意味は変わらないのだから。

——悪神・神野悪五郎の息子という自らの立場をゆめゆめ忘れるな、と。

その証拠に、目上の立場であるはずの伯父が、二人の甥《おい》っ子に対してかしこまった態度を崩したことは一度としてなかった。彼にとっての二人は、亡き妹の忘れ形見ではな

く、悪神・神野悪五郎から託された荷厄介な預かり物なのだ。

と、不自然に会話が途切れた。

かと思うと、眉間《みけん》に皺《しわ》を寄せた伯父が、人差し指でこめかみを押さえて、

「──失礼」

短く断りを入れつつ、背広の内ポケットからピルケースを取り出した。突起部分を押して、パチン、と開いた蓋《ふた》の中からカプセルを一錠つまみ上げる。そして、わざわざ海外から取り寄せているというその薬を水も使わずに飲みくだした。

長年の持病である頭痛の発作だ。思えば、物心がついた昔から伯父は頭痛持ちで、四六時中鎮痛剤入りのピルケースを持ち歩いていた──が、兄弟が帰国してからのこの二年間で急激に悪化しているのが見てとれる。顔色も貧血を起こしたように蒼白《あおじろ》い。

「お見苦しいところをお見せしました」

「いいえ、お気の毒です。ただ、鎮静剤の飲みすぎには気をつけてください。ただでさえ、胃腸の具合もよくない様子に見えますし──」

声が止まったのは、ピルケースの内蓋《うちぶた》に彫られた刻印が目にとまったからだ。

英国製らしいピルケースには、一級の銀製品──スターリング・シルバーであることを示す刻印がある。が、たった今目にしたのは、それとは別物だ。

「大事な方からの贈り物ですか？」

なんの気なしに訊ねた途端、伯父の顔がこわばった。

意外な反応だ。〈Dear《親愛なる》〉の文字が見えたので、なんらかの記念品かと思ったのだが、触れられたくない事情でもあるのだろうか。

「いえ、そういうわけでは。ただ他に手頃な品もありませんので」

返ってきた伯父の声は、不自然なほどに平淡だった。

それきり隠すようにピルケースをしまうと、

「では、そろそろお暇《いとま》しましょう。また来週うかがいます」

壁の柱時計に目をやってそう言った。見れば、もうすぐ正午になろうとしている。

よろしければ昼食をご一緒に、と誘うのが礼儀かもしれないが、決して引きとめたい相手ではない上に、まず真っ先に荊に逃げられるのは目に見えている。

と、帰り支度をすませた伯父が、背広の内ポケットから一通の封筒を取り出して、

「ああ、そうだ。こちらのお部屋にうかがう際、ドア下の隙間に封書が差しこまれているのを見つけました」

立ち上がって受けとった棘は、宛名《あてな》に〈北小路彰生《あきお》〉とあるのを見て、おや、と片眉を上げた。真上の四〇一号室に住む名探偵宛てだ。

(まさか依頼状か?)

が、正規の依頼状であれば、他の郵便物と共に一階のロビーに預けられる仕組みだ。

それが直接ドア下に差しこまれたということは、差出人本人——あるいは〈お小遣い〉に目がくらんだメイドかボーイが配達したことになる。

「この封筒に気づいた時、廊下にメイドかボーイの姿はありましたか？」

「さあ、どうだったか。何にせよ、探偵小説の真似事はほどほどに願います」

そんな小言を残して伯父は退室していった。どうやら伯父も、この封筒を依頼状ととらえているらしい。

（しかし、なぜこの部屋に？　単純な誤配と考えていいんだろうか）

封筒を裏返して棘はますます眉をひそめた。差出人の記載がない。匿名のようだ。

が、開封しようとしたその時、さっとのびた手に封筒をさらわれてしまった。荊だ。

横目でにらむと、片手で器用に便箋《びんせん》を開いた荊は、いつの間にか手にしたカップの紅茶をすすっていた。それも冷めきった荊の分ではなく、後から淹れられた棘の分だ。

「そちらは私の分のはずなんですが」

「だろうね、不味《まず》いよ」

でしょうね、畜生。

お決まりとなってしまった罵《のの》り文句を溜息でまぎらわせ、げんなりと天井を仰ぐ。

実を言えば、荊が飲みたがる可能性を考えて、あえてティーカップに口をつけなかったのだが、わざわざ教えてやる義理はない。ただ単純に、紅茶よりも珈琲《コーヒー》の方が嗜好品《しこう》として好ましいという理由もあるけれど。

「ところで封書の内容は？」

「さて、その前に昼食にしようか。珈琲を二杯、電話で一階のカフェに注文してもらえるかな。それとお前の分のサンドイッチも」

「……どうして私が？」

「僕が呑みたいからだけど」

心底不思議そうに小首を傾げて言われてしまった。

でしょうね畜生、と今度こそ声に出して吐き捨てた棘は、荒々しい足取りで卓上電話機の置かれた書斎へと向かう。ドアノブをつかんで引き開けたところで、

「ああ、それと」

背後から棘を呼び止めた荊は、悪びれる様子もなく口角を上げた。からかう調子で声に薄笑いを含ませて。

「近頃、お前がカフェに入り浸りだって女給の間で噂になってるよ。誰目当てかって」

「言っておきますが、あの店は純喫茶です。近頃、売春まがいの接客を行うカフェが増えていますが、一杯二十銭もする珈琲の味と風味が売りの、ごく良識的な店ですので」

「なるほどね、入り浸ってるのは本当なのか」

——地獄に堕《お》ちろ。

獰猛《どうもう》な猟犬よろしく鼻に皺を寄せながら、力任せにドアを閉じようとした時だった。

ジリリリ、と電話の呼び鈴が鳴った。

電話口の向こうにいたのは、このアパートメント・ホテルの最上階の住人であり、巷《ちまた》で噂の〈華族探偵〉である北小路子爵だ。

〈やあ、探偵少年たち、久しぶりだね。実は今朝がた東京に戻ったものだから、ご挨拶させてもらおうと思ってね……え、なに、僕宛ての封筒？　ああ、じゃあ、せっかくだから二人とも僕の部屋においで。よかったらカフェの珈琲をご馳走《ちそう》するよ。旨《うま》いけど馬鹿みたいに高いヤツ。え、サンドイッチも用意しろって？　それはさすがに——〉

ガチャン、と受話器を叩き切って「なるほど」と棘はうなった。

たしかに、この状況を一言で表すなら、探偵小説の真似事だ。怪奇小説である可能性に目を瞑《つぶ》れば、という話だけれど。

＊

ドア横の呼び鈴を鳴らさないのはいつものことだ。

が、この日はノックすら不要だった。棘がドアを叩くよりも先に、部屋主によって内側から開かれたからだ。

「やあ、久しぶり！　と言っても半月ぶりぐらいかな。伊豆《いず》で骨休めしててね。元気そうで——いや、もう一人は相変わらず不元気そうで、変わりなくて嬉《うれ》しいよ」

そんな軽口とともに現れたのは、背広姿の青年だった。立襟のシャツにアスコットタイという一風変わった組み合わせをそつなく着こなしている。

すらりと腰の細い長身に、目元の涼やかな端整な顔立ち。形のいい唇には、笑うと愛《あい》嬌《きょう》のある八重歯が覗《のぞ》く。

——北小路彰生。

大資産家である北小路家の、財産と爵位を継ぐ跡取り息子だ。

一見して、苦労知らずを絵に描いたような男だが、実を言えば貧家の出身だ。後継の男児に恵まれなかった当主夫妻が、駆け落ち同然に庶民に嫁いだ妹の長子を養嗣子《ようしし》として迎え入れた——というのがその生い立ちらしい。

が、いくぶん芝居がかって見える所作は、ヨーロッパ留学経験者に特有の、極めて垢《あか》抜《ぬ》けたものだった。華やかさと自信で満ち溢《あふ》れた佇《たたず》まいからは、かつての貧乏暮らしの片鱗《へんりん》さえ感じさせない。天性の役者——いや、正真正銘の詐欺師だ。

と、半眼で向かいあった棘が、すん、と鼻を鳴らして、

「……なるほど、旅の同伴者は女性ですか」

「おや、どうして？」

「練り白粉《おしろい》の匂いがしたので。舞台女優ですかね」

「いや、ははは。ちょっとカフェで知り合った新人女優から魅力的なお誘いがあってね。近頃、仕事が立てこんでたから、ここは一つ骨休めをさせてもらおうかと」

「ほお、それで依頼を三件も抱えこんだまま雲隠れしたと」

「もちろん君たちが片づけてくれたんだろ？……いや、悪かった、謝るよ。だから胸ぐらをつかむのは止めてくれ。ただ、知ってると思うけど、楽しいことしかしたくない主

義でね。浮気調査や家出人捜しなんて、湿っぽいことはごめんなんだよ」

そんなこんなで招き入れられたドアには、部屋番号を刻んだ金属板の下に、ごくごく小さな真鍮《しんちゅう》製の看板があった。

――北小路探偵社。

かつては既婚女優との醜聞沙汰《ざた》によって学習院を退学処分となり、一時は勘当されていたらしい放蕩《ほうとう》息子は、その後、腕利きの私立探偵として名を挙げたことで勘当を許され、今や難事件解決の立役者として、連日のように新聞やラジオをにぎわせている。

華族探偵・北小路子爵。

西欧仕こみの探偵術で、どんな難事件も快刀乱麻・万事解決！

が、そんな世間の評判そのものが、実はまったくの虚像なのだ。

なにせ実際の謎解きは、専属の助手として雇われている〈謎の少年助手〉こと、棘と荊の役目であり、北小路子爵の役割は〈探偵役〉として二人の指示通りに振る舞う役者にすぎないのだから。

ちなみに契約上、北小路子爵の受けとる探偵料は、ほとんどが兄弟二人の懐に転がりこむ形になっている。つまり北小路子爵とっては〈名探偵〉の肩書きと名声を二人から金で買っているわけだ。

（とはいえ、一回り年下の、たかだか十七歳ていどの小僧どもに顎《あご》でこき扱われる立場に嫌気がさしてもおかしくないんだが）

が、「さ、どうぞ、入った入った」と二人を招き入れる北小路子爵の顔は、屈託のない笑顔だった。はしゃいでいる、とても形容できそうな。

案内された客間は、一階下にある兄弟の居間とそっくり同じだ。

が、本来ならモダンに整っているはずの洋間は、四方八方にとっ散らかった部屋主の興味関心を反映して、西欧・大陸の線引きすらない無国籍な空間へと変貌していた。

出窓に敷かれた印度更紗《インドさらさ》の上には、常滑《とこなめ》、信楽《しがらき》、景徳鎮《けいとくちん》、砧青磁《きぬた》といった骨董品《こっとう》。吊行灯《つりあんどん》を模した電灯の下には、牡丹《ぼたん》や麒麟《きりん》の図柄をあしらった清朝《しんちょう》ゆかりの絨毯。とどめに、サンドイッチの並んだ大皿を囲んで、三客のコーヒーカップが湯気をたてるテーブルは、ロンドンの蚤《のみ》の市《いち》で買ったという織り物でおおわれていた。

さて、てっきり三人で昼食をとることになるかと思いきや——。

「風邪気味のせいか、あんまり食欲がなくてね。それに、僕が同席してると君のお兄さんが意地でも食べなそうだ。というわけで頑張ってくれよ、弟くん」

ぽん、と棘の肩を叩くや否や、さっと一切れだけサンドイッチをつまんだ北小路子爵は、さっさと窓辺に行ってしまった。結局、根負けした荊がかじった二口分をのぞいて、ほとんど棘の胃袋におさまることになったわけだが——。

「さて、そろそろ封筒の話をしても？」

わしっわしっと最後の一切れを二口で片づけてそう切り出すと、窓辺で珈琲をすすっていた北小路子爵は、はたと我に返った顔をして、

「ああ、そうだった。あんまり食べっぷりがいいもんだから、動物園で象の餌やりを眺めてるような気分だったよ」

「……今すぐ椅子を蹴り飛ばして帰ってもかまいませんが」

こめかみ辺りの血管をヒクつかせて威嚇する声で棘がうなる。

が、やがてあきらめの溜息と共に懐から封筒を取り出すと、中から引き抜いた便箋や小切手、新聞の切り抜きをテーブルの上に広げてみせた。

「これは――」

と一目見て絶句した北小路子爵の顔は、見事なまでに蒼《あお》ざめている。まるで脅迫状でも突きつけられたような顔だ。

（なるほど、依頼状――というよりも、見た目だけなら、むしろ脅迫状だな）

そう胸の内で呟いて便箋に並んだ文字に目を落とした。


――真犯人ヲ捜サレタシ。


たった一文だけ。

依頼状と呼ぶには、あまりに素っ気ない、禍々《まがまが》しさすら感じる文面だ。

「なんというか、匿名の依頼状にしても、あまりに剣呑《けんのん》だね。この小切手も含めて」

言いつつ北小路子爵がつまみ上げたのは、なんとイギリス発行の小切手だった。口座はロイズ銀行。金額の欄には、振出人の署名と同じ万年筆の字が並んでいる。

「口座名義人は、ジョン・ドゥ《John Doe》――名無しの権兵衛《ごんべえ》。あからさまな偽名だね。なのに書かれてる金額は車一台分だ。悪戯《いたずら》や冗談で片づけるには、暇も金もかかりすぎてる」

とどめが、同封された新聞の切り抜きだった。

見出しには〈騒然！　溜め池のトランク・ケースから無惨死体！〉の文字。半月ほど前に起きた〈トランク詰死体事件〉の第一報だ。

しかし、世間的にはすでに決着した事件のはずだが、依頼人の望みはこの事件の再捜査なのだろうか。それこそ〈真犯人〉が見つかるまで。

「――引き受けますか？」

短く訊《き》いた。

むろん棘が判断を仰いだのは、我関せずと珈琲をすすっている荊だ。が、そうとは知らない北小路子爵は、ぶるっと背中を震わせると、ぶんぶん大きく頭をふって、

「冗談じゃない！　そもそも匿名の依頼は引き受けない主義なんだよ。厄介事に巻きこまれてもつまらないし、その依頼状なんてダイナマイト並みの危険物じゃないか」

「――辞退すると？」

「なかったことにするのが一番じゃないかな。小切手だって破り捨ててしまえば、ただの紙屑《かみくず》だからね。だから今回は――」

北小路子爵の言葉が終わるよりも先に、すっと荊が席を立った。

亡霊のような足取りで書斎のドアの向こうに消えたかと思うと、ボソボソと電話でやりとりしているらしい声が聞こえてくる。そうして何事もなかったように席に戻ると、

「ここ半月の間で、この事件の続報をのせた新聞を集めてもらったから、一階のロビーまで取りに行ってもらえるかな。数紙分だから、そこそこ嵩張《かさば》ると思うけど」

「……どうして私が？」

「僕が興味があるからだけど」

でしょうね、畜生。

げんなりと溜息を吐いた棘が立ち上がると、横から「ねえ、君たち。僕の話聞いてた？」と世にも情けない声が聞こえてきたが、もちろん黙殺した。

歩き出しながら、やれやれ、と棘は肩をすくめる。おそらく今この時をもって依頼の受諾が決定したのだ。他でもない荊の一存によって。

——捜査開始だ。

＊

トランク詰死体事件。

事件の発端は、都内某所の溜め池で発見された遺体だった。近所の釣り人によって発見されたトランク・ケースの中には、体を二つに折りたたんだ男性の全裸死体。死後二

週間前後とみられる遺体は、腐敗ガスによって全身が膨らみ始めていた。

トランク・ケースには重石《おもし》となる煉瓦《れんが》も詰められており、この重みによって水底に沈んでいた遺体が、腐敗ガスの浮力によって水面に浮上したものと考えられる。

司法解剖によれば、死因に結びつく外傷はなく、毒物反応もなし。

が、こぞって記者たちが目の色を変えたのは、遺体の左手中指の欠損だった。死後に食いちぎられたらしい指の付け根には、はっきりと人間の歯痕《しこん》が残されていたのだ。

であれば、ことは猟奇殺人事件——それも犯人が〈人食い〉とくれば、まさに昨今流《は》行《や》りのエログロナンセンスだ。しかし、わきたつ大衆を尻目《しりめ》に、人相の変わり果てた遺体は、しばしの間〈名無しの権兵衛〉のままだったわけだが——。

「なるほど、身元が判明したきっかけは右上腕にいれられた鬼灯《ほおずき》の刺青《いれずみ》のようですね。図案として珍しいので、彫り師が覚えていたそうで」

長らく水に浸かって腐敗した遺体でも刺青は変わらず肌に残る。

海に生きる漁師が、刺青を彫るのも同じ理由だ。波にさらわれ、魚に食われ、面相すら変わり果てても、刺青を手がかりに家族のもとへ帰りつけるように。

……ちなみに視界の端では、すっかり不貞腐《ふてくさ》れたらしい北小路子爵が、出窓を開けて小鳥にパン屑《くず》をやっていたが、知ったことではなかった。

「それで判明した被害者の名が、波賀世之介《はがよのすけ》——なるほど、井原西鶴《いはらさいかく》の『好色一代男』の主人公と同名となると、あからさまな偽名だね。年齢も、推定二十代か」

「ええ、未だに身元不明のようです。本来なら、漂泊生活を続ける者でも三ヶ月以上同じ土地に腰をすえたら役場に届け出る義務があるんですが、完全な無届けですね。周りの話では、ケチな詐欺を働いて小金を稼ぐ流れ者で、呑みの席でも郷里や素性を明かそうとしなかったと。兄貴分の女に手を出して逃げている――という噂もあったそうで、居場所をつかまれるのをふせぐためだったようですね」

居住地は、溜め池から車で一時間ほどの距離にあるアパートだ。が、早速、聞きこみを始めた警察は、驚愕《きょうがく》の事実を知ることになる。

「大家の話によると、波賀は二週間ほど前からアパートを留守にしていて、遺体の状態から考えても、その頃に殺害されたようです。そして二週間前、同じアパートから自殺者が出ています」

自殺したのは、郷田《ごうだ》保二郎《やすじろう》――見習い大工の職をえて三年前に上京した二十六歳だ。

第一発見者はアパートの大家にあたる老婆で、前日の夜、鎮静催眠薬《カルモチン》入りの酒を呑み、天井の梁《はり》に帯をかけて首をくくったものとみられている。

「遺書はありませんでしたが、半年前、自動車のひき逃げ事故によって頭部右側を負傷し、右手中指を欠損して職を失っています。そのため、周りは将来を悲観しての自殺と受けとめていたようです。しかし奇妙なことに――」

遺体の口の中から、波賀のものである指輪が見つかったのだ。

指輪自体は、大ぶりの黒曜石をあしらった安物だが、なにか特別な思い入れがあるのか、波賀はこの指輪を四六時中身につけていたらしい。

それがどうして郷田の口の中から？

当時は警察も大家も困惑するしかなかったようだが、なにはともあれ、郷田の死は自殺として処理され、引き取り手のない遺体は、近くの合同墓地に埋葬された。その矢先に飛びこんできたのがトランク詰死体事件の報《しら》せだったのだ。

「波賀が指輪をしていたのは、左手の中指——つまり犯人によって食いちぎられた指です。そこから警察は郷田が波賀を殺害して指輪を奪い、その際に邪魔な中指を食いちぎったのでは——と考えているようです」

動機は——あってないようなものだ。

つまり、ひき逃げ事故によって頭部を損傷した郷田が、後遺症による一時的な錯乱から発作的に波賀を殺害し、夜店で購入した安物のトランク・ケースに遺体をつめて溜め池に沈めた——というのが警察の見解だ。挙げ句、犯した罪の重さに耐えかねて首をくくったのだろう、と。

「自殺した郷田が波賀の指輪を口にくわえていた理由は、遺体を発見した人物に〈波賀を殺したのは自分だ〉と知らせるためだったのではないか、と」

「ふうん、ずいぶん都合のいい話に聞こえるね、警察にとって」

それに加えて奇妙なのは——と胸中で独りごちた棘の視線の先には、一際禍々しい見出しがあった。昨今流行りの怪奇雑誌の切り抜きだ。おそらくは、気をきかせたスタッフの誰かが新聞の束に加えてくれたのだろう。

記事の見出しには〈怪奇！　ドッペルゲンガーの殺人劇！〉とある。一見して、この手の雑誌にありがちな空想話だが、意外にも〈トランク詰死体事件〉の取材にもとづいた事件記事のようだ。


**怪奇！　ドッペルゲンガーの殺人劇！**


さて、某所の溜め池でトランク・ケース詰の死体が見つかった騒動は、読者諸氏もご記憶に新しいことでしょう。しかし、あの事件の裏に、公には報じることのできない摩訶不思議《まかふしぎ》な怪異が隠されていることを知る人は、数えるほどもいないのでは――。

怪異の目撃者は、恐るべき殺人犯・郷田保二郎氏その人です。

去る某日。アパートに帰宅した郷田氏は、世にも恐ろしい光景を目撃します。鍵《かぎ》をかけたはずの自室で、もう一人の自分――鏡で映したようにそっくりな分身が、同じアパートの住人である波賀氏に組みつき、その命を奪おうと、ぐいぐい首を絞め上げているのです。ぎゃっと驚いた郷田氏は、交番詰めの巡査氏に事と次第を訴えました。が、巡査氏からすれば、いかにも馬鹿げたタワ言です。渋々アパートまで同道した巡査氏ですが、はたして殺人のあったはずの部屋はもぬけの殻。しまいには殺されたはずの波賀氏が、ひょっこり向かいの部屋から現れて「一体なんの騒ぎです?」と訊ねる始末。まったくはた迷惑な、と巡査氏は交番に引き上げました。

しかし、郷田氏の目にした悪夢は、やがて現実のものとなります。哀れな波賀氏がトランク・ケース詰の遺体となって溜め池に浮かぶことによって。

さてさて、聡明《そうめい》な読者諸氏なら、きっとお気づきですね。

そう、郷田氏の目にしたもう一人の自分とは、ドッペルゲンガーのことではないか。ドッペルゲンガーとは、古くから伝承や怪異譚《たん》として語られる、死や災難の不吉な前兆。であれば郷田氏は、己のドッペルゲンガーによる白昼の殺人劇を目撃したからこそ、それを模倣するように殺人を犯し、自ら命を絶ったのではないか、と。

読者諸氏は、これこそ妄想、与太話だとお笑いになるかもしれません。しかし筆者としては、この事件の裏に何らかの魔的なものを感ぜずにはいられないのです。

——悪夢のごとき殺人劇の裏で笑う、悪しき分身の存在を。


なるほど、この記事がまったくの創作でなければ、いかにも荊好みの怪事件だ。加えて、警察の筋書きもあながち無根拠ではなかったことになる。

(もう一人の自分による殺人——か)

両者に目立った諍《いさか》いはなかったそうだが、もしも郷田の中に無意識的な殺意があって、それが幻覚の形で表出したのだとすれば、発作的犯行に至るまでの筋道も立つ。

が、ドッペルゲンガーというと、いわゆる迷信の一種だと思っていたのだが——。

「ドッペルゲンガーは、ドイツの民間伝承にもとづいた言葉だよ。英語だと分身《ダブル》。自分の外にもう一人の自分がいて、その姿を見たり、その存在を感じたりする現象だ。日本だと〈影のわずらい〉や〈影の病い〉——体から魂が脱け出す離魂病だね」

滔々《とうとう》と語る荊の口ぶりは、まさに立て板に水——いや、水を得た魚だった。

「江戸川乱歩《えどがわらんぽ》いわく〈自分とは寸分違《たが》わぬ人間が、この世にもう一人いるという怖さ〉を綴《つづ》った分身譚は、江戸時代の昔から死や災難の不吉な前兆として描かれてきた。是迄《これまで》三代其身のすがたを見てより病《やみ》つきて死にたり、これや所謂《いわゆる》影の病《やまい》なるべし——だよ。日本では芥川龍之介《あくたがわりゅうのすけ》の『二つの手紙』、世界的にはエドガー・アラン・ポオの『ウィリアム・ウィルスン』が有名かな」

「しかし、今回の事件は、怪奇小説の出来事ではなく、あくまで現実の話では？」

思わず横やりを入れた棘に、荊は軽く肩をすくめてみせて、

「精神医学的には、自己視、自己像幻視と呼ばれる症状だよ。自我意識の異常によって患者本人の姿形や行動をそっくりに模倣した鏡像を幻視するようになる。原因は、精神病や脳腫瘍《のうしゅよう》——あるいは事故による脳の損傷といった器質的な要因だね」

なるほど、と棘は頷《うなず》いた。

「では郷田氏の目撃したドッペルゲンガーは、やはりひき逃げ事故の後遺症だと？」

「どうだろうね。何にせよ、まず現場を調べる必要があると思うよ」

ひょいっと片眉を上げて、話の矛先を北小路子爵に向ける。

とっくに観念した様子でテーブルに頬杖《ほおづえ》をついた北小路子爵は「なるほど、勉強になったよ」と皮肉げに片頬を歪《ゆが》めてうそぶくと、

「ただドッペルゲンガーだろうと何だろうと、依頼そのものが不穏なのは変わりないからね。僕としては、依頼人の顔が見えない事件は絶対にごめんだよ。それに風邪気味なのもあって一息つきたい気分だし」

「ほお、アナタが伊豆で骨休めをしている間、その仕事を肩代わりしたのは誰だと」

「わかった、降参するよ。問題のアパートの所在地を新聞社に問いあわせて、そこへ君たちを送っていく。けど、その先の調査は二人でやってくれ。わかったね？」

しぶしぶ応じた北小路子爵に、棘もまた少し考えて肩をすくめた。

「……だそうですが？」

――なるほど、ここが落とし所か。

と、億劫《おっくう》げに立ち上がった北小路子爵が、どこか歪んで見える笑みを浮かべて、

「それじゃあ、行こうか、探偵少年たち――たとえ渋々、嫌々だろうとね」

＊

三〇一号室に戻って外出の支度をすませた兄弟は、再びエレベーターに乗りこんで、

一階ロビーから正面玄関に出た。

と、タイミングをはかったように一台の車が二人の前に滑りこむ。

最新式らしいセダン型のシボレーだ。黒地に白文字で刻まれた車両番号は、四桁のアラビア数字である〈1・564〉――北小路子爵の愛車だ。

「やあ、お待たせ」

と運転席から顔を出したのは、所有者である北小路子爵その人だった。

特権階級の華族となると、お抱え運転手を雇うのが普通だが、北小路子爵は自らの手で運転するオーナー・ドライバーだ。過去には、円タクの運転士になりすまして逃走中の犯人を捕まえるという離れ業をやってのけた経験もある。

やがて後部座席に乗りこんだ兄弟の姿は、見事なまでに対照的だった。

一目で特注品とわかる英国式スーツに、編み上げの紳士靴。手には英国旅行で買い求めたステッキという出《い》で立ちの棘に対して、

「いっぱしの紳士きどりだね」

とからかうように笑った荊は、黒一色のインバネスコート姿だ。

初めは探偵の記号としてシャーロック・ホームズ由来の格子柄を着ていたものの、あまりの似合わなさに棘が一目で噴き出して以来、黒無地のものにあらためている。

（さて、和服仕立てのものはトンビと呼ぶらしいが）

まるで大鴉《おおがらす》だ、と棘は思う。

が、その一言は口にしないまま、ひょいっと肩をすくめてみせると、

「そちらは相変わらずの魔女もどきですね」

言った途端、踵による一撃が向こう臑《ずね》に飛んできた。この理不尽さもいつも通りだ。

シートに背中を預けると、おのずと視線が窓へと向かった。

路面電車やバスの行き交う大通りには、モダンな洋食店や写真館、そして消費と娯楽の殿堂とも呼べるデパートがそびえ立ち、モダンガールやモダンボーイといった都会人たちが肩をそびやかして闊歩《かっぽ》している。

が、それにまじって満州《まんしゅう》からの帰還兵やボロをまとった浮浪者の姿も多かった。豊かさと貧しさ、新しさと旧《ふる》さ、夢と現《うつつ》、すべてが渾然一体《こんぜんいったい》として無秩序なまだら模様をなした街並みは、まさにこの時代そのものの混沌ぶりだ。

が、角を曲がって裏通りに入ると、とたんに辺りの空気が一変する。

表通りの喧噪《けんそう》が一息に消え失《う》せ、一時代前のひなびた家並みが続く界隈《かいわい》には、他の自動車はおろか、行き交う人影もない。

と、不意に、ギ、とブレーキ音をたてて車が停まったかと思うと、

「悪いけど、僕はここで失礼するよ。このまま道なりに進めば、目当てのアパートに着くはずだから。てなわけで、降りた降りた。それじゃあ、健闘を祈ってるよ」

言うが早いか、車から二人を降ろした北小路子爵は、ひらひらと運転席から手をふりながら、さっさと走り去ってしまった。

その場に残された棘は、ふん、と鼻を鳴らして、

「意趣返しとしては、いささか子供じみているように感じますが」

「さあ、どうだろうね。ただ、目的地はすぐ目の前みたいだよ」

荊が指さしたのは、ほんの数メートル先にある四つ辻《つじ》の一角だった。

――東栄《とうえい》アパート。

ここ数年で〈アパート〉と名のつく建物は激増したが、内実としては、なんとなく小《こ》綺麗《ぎれい》でモダンな響きのある〈アパートなるもの〉の人気にあやかろうとした下宿屋が名前だけを洋風に改めたものがほとんどだ。

その点、東栄アパートは、いちおう西洋風に改築されているらしい。

が、おそらくは出入りの大工に注文して、突貫工事で〈西洋まがい〉に仕立てたのだろう。小塔ののった屋根は、一見、ヨーロッパ風の造りに見えるものの、よく見ると瓦《かわら》屋根である上に、建物自体も半木造のようだ。

和洋折衷――と言えば聞こえはいいが、浴衣《ゆかた》の片袖《かたそで》をもぎとって安物のシャツを継ぎ足したような代物で、まったくもってゾッとしない。

と、隣に立った荊が、そんな棘の内心を読んだかのように口を開いて、

「今の東京は、街そのものが寄せ集めだからね。江戸の文化と秩序は、一度震災で根こそぎにされた。今じゃ街の誰もが余所者《よそ》で、他人同士だよ。価値観、秩序、善悪、すべてがバラバラ。だからこそ〈新しさ〉なんていう、なんだか得体の知れないものに希望

を託さざるをえないんだろうね」

歪《いびつ》だよ、と結んだ荊に、なるほど、と棘も頷いた。その歪みの象徴が、昨今、巷に氾《はん》濫《らん》してるアパート群なわけか。

「他人が他人のまま暮らしていくには、内と外の境界を明確にする必要があるからね。人前では外面を見せ、本音や内面は隠す。となると外面と分裂させた内面――〈もう一人の自分〉を取り戻す場所が必要になる。それに最も適したのが、扉一枚で内と外を隔てられるアパートだ。ある意味では〈分身〉が当たり前になった時代と言えるのかな」

なるほど、確かに歪だ。

すでに明治以来の約七十年でヨーロッパから学びえるものは学んでしまい、今ではアメリカの模倣が始まっている。おそらく真に歪なのは、この時代そのものなのだろう。

歪みも、混沌《こんとん》も、その先に待ち受けているのは、等しく狂気だ。

と、不意に。

ギイ、と音をたててアパートの玄関扉が開いたかと思うと、

「あら、びっくりした！　こんなところでどうなさったの、なにかご用事？」

ひょっこり現れたのは、アパートの住人らしき女性だった。

綺麗に整えられた巻き髪に派手な銘仙の着物。黒く潤んだ瞳《ひとみ》とぽってりした肉厚の唇が映える化粧顔は、決して美人とは言えないものの、なんとも言えない愛嬌がある。

舞台女優かモデル――いや、口紅のきわどさから考えて、おそらくカフェの女給だ。

「失礼しました。こちらの探偵社で助手をしている者です」

言いつつ北小路探偵社の名刺を差し出すと、受けとった女性の顔がぱっと華やいだ。

「あら、いやだ。北小路子爵がいらっしゃるの？」

薄《うっす》らと頬を上気させて、きょときょと辺りを見回している。

華族探偵・北小路彰生の名は、事件解決の立役者として連日新聞をにぎわせている。

写真の撮影と掲載は拒否しているはずだが、〈絶世の美男子〉と書き立てる記者も多く、ファンを自称している女性も少なくない。

「いいえ、今日は私たち二人で現場の下調べをするように言いつかりまして」

「ふうん、お二人？　じゃあ、もう一人は――」

さっと辺りを見回した女性の目が、荊の上でとまったかと思うと、とたんに「いやあっ！」と悲鳴が上がった。

「いやだわ、なんて格好！　こんな西洋人形みたいなお嬢さんがよりにもよってトンビなんて！　ああ、それに髪もバサバサ、唇もカサカサ……ねえ、後生だから髪だけでもなんとかさせて！　近所に腕のいい理髪店があるの、すぐそこだから！　ね？　ね？」

そう懇願する女性の手は、決して逃がすまいとするように荊のインバネスコートのすそをつかんでいる。放っておくと、このまま店先まで引きずっていきそうな勢いだ。

一方の荊は、酔っ払いにからまれた野良猫そっくりの顔をして、

《馬鹿と話す口はないから、あとはよろしく》

ドイツ語だった。

「……私には、彼女の言うこともっともに聞こえますが」

《次こそ溺死したいのかな？》

本気の目だ。

コホン、と咳払《せきばら》いした棘は、最も説得力のありそうな嘘を頭の中で組み立てると、

「失敬、姉はまだこちらの言葉に慣れていなくて。なにぶん病気がちで、最近まで臥せっていましたので、外見についてはご容赦いただけると」

言った途端、荊に向こう臑を一撃されてうめくはめになった。

が、効果のほどは覿面《てきめん》だったようで、

「……そうなの、ご病気で。ごめんなさい、私ったら無神経なことを言ってしまって」

しゅん、と肩を落とした女性は、本気で反省しているように見える。妙齢の婦人というよりも、天真爛漫《てんしんらんまん》な少女のようだ。

お詫びに、と案内役を買って出てくれた彼女は、一葉《いちは》薫子《かおるこ》と名乗った。水商売風の外見通り、職業はカフェの女給だそうだ。

「店には夜の八時に顔を出せばいいから、それまで助手さんたちにつきあってあげる。さ、どうぞ、お入りになって」

うながされるまま、模様ガラス入りの扉をくぐって玄関ホールに入る。古びた梁がむき出しになった天井の下、小洒落《こじゃれ》たタイル敷きの床が広がっていた。

どうも左右の棟をつなぐ渡り廊下を兼ねているようで、左手に見える引き戸には〈受付〉と書かれた木札が下がっている。おそらくは奥に管理人がいるのだろう。

「あ、待って。先に大家さんから鍵を預かってくるわ。えっと、北小路子爵が調べてらっしゃるのは、トランク詰死体事件よね？　郷田さんと波賀さんの」

「ええ、二人ともこのアパートの住人だと」

「ええそう、郷田さんが五号室で、波賀さんが中庭をはさんで向かいの二号室。ちなみに私は、四号室ね……じゃあ、すぐ戻るから、奥の中庭で待っていてちょうだい」

言うが早いか、パタパタと履き物の音を鳴らして、薫子の背中は〈受付〉と札のかかった引き戸の向こうへと消えていった。

（さて、奥というと）

顔を向けると、ちょうど玄関と向かい合う位置に両開きのドアがあって、淡い緑色をした影がガラス越しにざわめいていた。なるほど、あれが中庭か。

《——行こうか》

律儀にドイツ語で呼びかける荊に従って中庭に出る。ぐるりと視線を一巡させて、棘は鼻に皺を寄せた。

（いや、中庭——というよりも）

庭というよりは、物干し場を兼ねた共用の広場のようだ。

平らに踏み固められた地面に、痩せた低木と雑草がまばらに生えた空間は、おそらく上空から見下ろせば、ほぼ真四角に見えるのだろう。その中庭を四方から取り囲む平屋の集合体が、この東栄アパートだった。

ビュウ、と。

吹き下ろす風に、帽子の縁を指で押さえる。中庭の中央に立った棘が、靴の踵で半回転すると、たったそれだけでアパートの全貌を見渡せた。

(なるほど、たった今出てきた南側の建物が、管理人室のある管理棟。その奥の北側にあるのが、おそらく共同便所や炊事場のある共用棟か)

その証拠に、正面奥——北側の屋根には、便槽の臭気を外に排出するための臭突管や、炊事場につながっているらしいブリキ製の煙突が見えた。

そして左右の——東側・西側の建物には、住戸の並びを示すドアが三つずつ列をなしていた。中庭から直接それぞれの住戸に入ることのできる造りは、下宿屋というよりも長屋に近い。いや、正しくは荒《あば》ら屋だろうか。

(全体的に貧相としか言いようがないな)

視線を上げれば、風雨で傷んだ瓦の隙間や朽ちた雨樋《あまどい》から生えのびた雑草が見てとれる。ところどころ剝がれ落ちた外壁も、中の泥や繊維をむき出しにしたまま、補修もされずに捨て置かれていた。

と、ドアの軋《きし》む音に振り向くと、管理棟から出てきた薫子の姿があった。ぱたぱたと小走りに駆け寄ってくると、軽く息を弾ませながら、

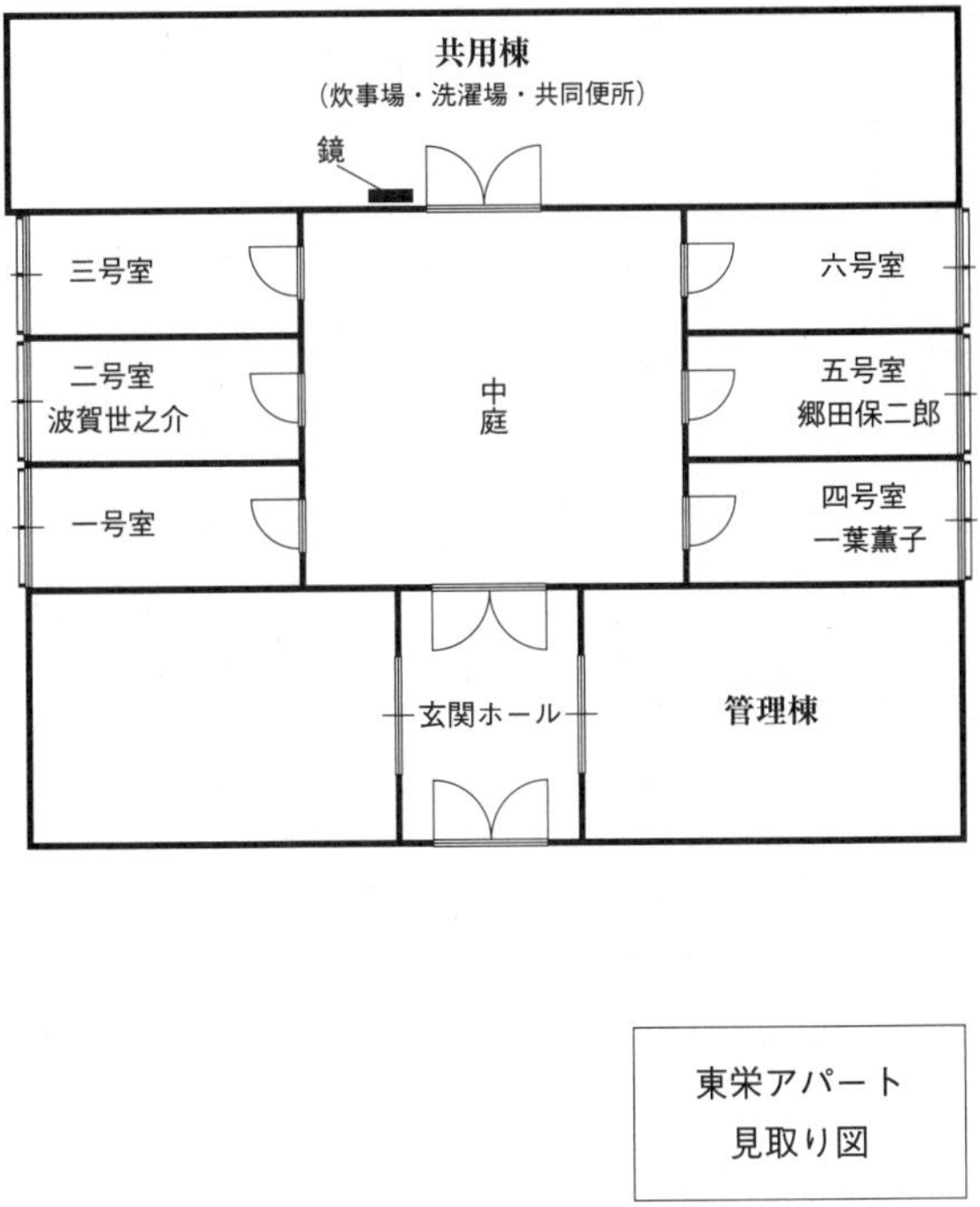
共用棟
（炊事場・洗濯場・共同便所）
鏡
三号室
二号室
波賀世之介
一号室
中庭
六号室
五号室
郷田保二郎
四号室
一葉薫子
玄関ホール
管理棟
東栄アパート
見取り図

「はい、どうぞ、二号室と五号室の鍵。ちょうど大家さんがお留守でよかったわ。箪笥《たんす》の中にあったのを借りてきたから、好きに使ってちょうだい」

さて、どうも留守中に無断で室内を物色したように聞こえるのだが――。

「……盗みでは？」

「ま、失礼ね！　あの北小路子爵がこのアパートを調べてるって知ったら大家のお婆さん卒倒しちゃうわ。ただでさえ、あんな事件があってめっきり弱ってるのに」

なるほど、彼女なりの気遣いではあるようだ。

「郷田氏の遺体を発見したのは彼女ですか？」

「ええ、そうなの。朝食のおすそわけをしに五号室を訪ねたら、天井の梁から郷田さんの死体がぶら下がってたんですって」

聞けば、扉は無施錠の状態だったそうだ。

遺体を発見した大家は、悲鳴と共に近くの交番に走った。以来、目に見えて塞《ふさ》ぎこみがちな日々を送っているらしい。なるほど、そんな状況なら無闇に記憶を掘り起こさない方がよさそうだ。

「それじゃあ、大家さんのかわりに私がご案内するわね」

胸をそらして薫子がそう宣言した。あちらが共同便所、こちらが炊事場……とデパートの売り子よろしくハキハキと説明すると、

「掃除は当番制なんだけど、住んでるのは独り者の男性ばかりだから、まあ、お察しね。

ただ、こんなご時世ですもの、住む場所があるだけありがたいと思わなくちゃ」

　嘆息まじりの声からも、暮らしぶりの苦労がうかがえる。

　男性客のチップによって収入をえるカフェの女給は、見かけの華やかさに比例して出費もかさむため、それほどわりのいい職業でもない。が、仕事にあぶれた浮浪者が溢れかえる昨今、薫子のもつ若さと愛嬌は生きていく上での確かな強みだろう。

が、病気や事故といった自分ではどうしようもない不運によって職を失ってしまう者もいる。その一人が――。

「郷田氏は、半年前にひき逃げ事故に遭って職を失ったという話ですが」

「ええ、そう、真面目で大人しい人だったから、本当にお気の毒で。なのに、ひき逃げ犯は一向に捕まらないし」

　ひき逃げ事故の捜査が難航しているのは、いくつかの不運が重なっているらしい。

　事故発生時、雨で人通りが少なかったために、目撃者が存在しないこと。そして被害者本人が、事故のショックによって当時の記憶を失ってしまったことだ。

　その後。

　利き手である右手の中指をタイヤにひき潰された郷田は、見習い大工として励んでいた仕事を辞めることになった。

　が、別の働き口を探そうにも、この不景気では職探しもままならない。日雇い仕事にありついて日当を稼ぐのがせいぜいだ。やがて見舞金もつき、家賃の支払いも滞っていたそうだが、それを申し訳なく思った郷田が買い出しや力仕事を買って出たために大家との関係は良好だったそうだ。

「では、被害者の波賀氏については？」

訊ねると、たちまち薫子の眉間に皺が寄った。汚物を嗅《か》がされた犬の顔だ。

「いい噂は聞かないわね。ヤクザとつながりがあるとか、詐欺や盗みなんかでさんざん悪さをして生きてきた人だとか、女癖が悪いとか……実際、あちこちのカフェの常連客だったんだけど、露骨に体を触るし、すぐに口説くし。ただ、すらっと背の高い美男子だから、本気で惚《ほ》れこんじゃう子が何人もいて、みんな可哀想な目にあったみたい」

女の敵よ、と吐き捨てる声を聞く限り、よほど忌々《いまいま》しい人物のようだ。

（どうも対照的な人物像だな）

——善人と悪人。

ただし特筆すべきは、殺した側が善人で、殺された側が悪人ということだ。

「二人の間に、殺人の動機になりえるような揉《も》め事《ごと》はありましたか？」

訊ねると、はっと息を呑んで考えこんだ薫子は、「揉め事ってほどでもないと思うんだけど」と歯切れ悪く前置きして、

「郷田さんが、真夜中にうなされることが何度かあったの。ほとんど叫ぶみたいに『ひとごろしー、ひとごろしー』って。本人は覚えてないみたいなんだけど、事故に遭った時の夢を見てたんじゃないかしら」

隣の四号室に住んでいる薫子も、それで何度か飛び起きるはめになったが、あんまりにも声が苦しげなので、苦情を入れるような真似はしなかったそうだ。

が、その逆が向かいの二号室に住んでいる波賀氏で、深夜に叫び声が上がる度、五号室の扉を叩いては「うるさいぞ、出ていけ！」と罵声を浴びせていたらしい。

「ふむ、それが事件の発端では？」

「それが、事件の一ヶ月ぐらい前からパタッと波賀さんの苦情が止んで、それどころか郷田さんに『アンタのお陰でいいカモが見つかったよ』なんて言うようになったの。一体なんの話かって郷田さんが問いつめても、ニヤニヤはぐらかしてばっかりで」

カモ、と棘は口の中で反芻《はんすう》した。

（波賀氏の経歴と考えあわせると、強請《ゆす》り、詐欺の標的という意味か？　ただ情報元であるはずの郷田氏に、その自覚がないとなると――）

が、考えこむ棘をよそに、肝心の探偵であるはずの荊は、眠たげな猫のように目を細めたまま、聞いているかどうかも判然としない。

ちらっと横目でその姿をうかがった棘は、ふん、と鼻を鳴らして薫子に向き直ると、

「この記事について何かご存じありませんか？」

訊ねながら、例のドッペルゲンガーにまつわる記事の切り抜きを差し出すと、受けとった薫子から「あらやだ！」と素《す》っ頓狂《とんきょう》な声が上がった。

「前に私が記者さんにお話ししたやつだわ。それきり音沙汰がなかったから、てっきり

没になったと思ってたのに」

「おや、取材元はアナタでしたか」

「ええ、そう。けれど、ほとんどこの記事にのってることしか——」

半ばまで言いかけた薫子の声がハッと止まった。

「そう言えば、記者さんにもお話ししてないことがあったわ。ただ、事件には何の関係もないと思うんだけど」

そんな前置きをして薫子は切り出した。

——鏡の話なの、と。

「共用棟の出入口近くの壁にかかってる鏡。それをこっそりお借りして、ときどき中庭でダンスの練習をさせてもらってたの。部屋から運び出した椅子を置いて、その上に鏡をのせて……あ、返す時はちゃんと拭いてたから、別に汚したりはしてないんだけど」

話によると。

最近できた馴染《なじ》みの客に舞台関係者がいて「踊りが上手《うま》ければステージに出してあげるよ」と言われたそうだ。おおかた女給を口説くための甘言だろうが、以来、人目のない夜をみはからっては、こっそりダンスの特訓をしていたらしい。

「記事の出来事があった日は、カフェの仕事がお休みだったから、外で食事をすませて七時頃にアパートに戻ったの。それから中庭でダンスの練習をして……そうね、三十分ぐらいかしら。ただ部屋に戻る時、うっかり鏡と椅子を出しっ放しにしてしまって」

そのまま三十分が過ぎた頃。

ドア越しに中庭からガタンと物音が聞こえたかと思うと、「わ！」と声が上がった。

直後に、絶叫。絹を裂くような――という表現の似合う恐怖と動揺の叫び声だった。

飛び上がって驚いた薫子は、恐る恐る開いたドアの隙間から中庭の様子をうかがった。

が、すでに悲鳴の主らしき人物の姿はどこにもなく、無人の中庭は何事もなかったように静まり返っている。

が、そこで出しっ放しにしてしまった椅子と鏡に気がついた。先ほどの悲鳴は気になるものの、見つかって騒ぎになる前に片づけなければ――と、そそくさと椅子を四号室に運びこみ、鏡を共用棟に戻したところで、

「中庭に戻ってみたら、真っ青な顔をした郷田さんと交番から呼ばれたらしい巡査がいたの。五号室のドアを覗きこみながら、郷田さんが必死になにかを訴えていて、気になってそのまま立ち聞きさせてもらったんだけど」

そこで聞いた話が、記者に話した一連の顚末《てんまつ》だそうだ。

――郷田の証言によると。

近くの銭湯から東栄アパートに引き揚げた郷田は、五号室に戻る前に小用をすませようと、共同便所のある共用棟に向かった。

が、湯あたりを起こしたのか、ぼんやりと上の空の足どりで中庭を横切ろうとしたところで、右膝《みぎひざ》がなにか固いものにぶつかった。

転びそうになって「わ！」と悲鳴を上げる。一体なににぶつかったのか、と顔を右に向けたその時、とんでもないものが目に飛びこんできた。

開け放たれたドアの向こう——郷田が住んでいる五号室の、本来は無人であるはずのその土間で、今まさに殺人が行われていたのだ。

しかも、加害者は〈もう一人の自分〉——何度くりかえし巡査が問い質《ただ》しても郷田は〈もう一人の自分〉だと言い張った——であり、被害者である波賀の背後に立って、その喉《のど》をぐいぐい絞め上げている。

パニックに陥った郷田は、身も世もない悲鳴を上げつつ、死に物狂いでその場から逃げ出し、走りに走って近くの交番に駆けこんだ。

が。

なにを寝ぼけたことを——と、てんでとりあう気のない巡査を引きずって戻ってみると、問題の五号室には鼠一匹見当たらないばかりか、中で争った形跡もなかったのだ。

「さて、アナタは隣の四号室にいたはずですが、それらしい物音は聞こえましたか？」

「それが全然。警察の人にも訊かれたんだけど、ちっとも心当たりがなくて」

間仕切りは、薄い板壁一枚だ。悲鳴や物音が上がれば、聞き落とす方が難しい。

とどめに、騒ぎを聞きつけたらしい波賀が「一体なんの騒ぎです？」と真向かいの二号室から顔を出したことで、郷田の訴える〈もう一人の自分による殺人〉は、妄想や幻覚の類《たぐい》によるものと結論づけられた。

「ふむ、他の住人への聞きとりは？」

「あの夜、アパートの中にいたのは私たち三人だけだったから。一号室と三号室はもとから空き部屋で、六号室に住んでいる人は工事現場の夜警の仕事で朝までいないの」

なるほど、だから人目を盗んでダンスを練習できたわけか。

「では波賀氏は、ずっと二号室に？　郷田氏の悲鳴は聞こえなかったんでしょうか」

「それが、風邪をひいて一日中寝こんでたんですって。その時も、気の毒なぐらい顔を真っ赤にして、声だってガラガラで」

その言葉を聞いた瞬間、ぴくん、と棘の眉が跳ね上がった。

(真っ赤な顔――というのが、顔面のうっ血だったとすると、絞殺されかけた後遺症である可能性もあるな)

となると波賀は、何者かの手で絞め殺されかけた痕跡を、風邪の症状と偽って誤魔化そうとしていたことになる。

「さて、波賀氏の喉に傷跡やうっ血はありませんでしたか？」

「え？　ちょ、ちょっと待ってね、今、思い出すから」

うんうん眉間にしわを寄せて考えこんだ薫子は、やがて小さく溜息を吐くと、

「ダメだわ。あの夜、波賀さんは珍しく洋装で、詰め襟のシャツのボタンを喉元までとめてたの。だから、もしも傷跡があっても襟に隠れて見えなかったんじゃないかしら」

「ふむ。ふだんはもっと違った服装を？」

「ええ、いつもなら股引《ももひ》きに古着の着物をひっかけてる感じね。なのに、その夜だけピシッとした格好をしてるから驚いてしまって」

「妙ですね。波賀氏は風邪で寝こんでいたはずなのでは？」

「そうね、言われてみると、病人の格好にしてはちょっとおかしいわよね……そう、そうだわ、思い出した。おかしいって言えば」

ハッと何かを思い出した顔で、薫子はポンと手を打った。

「二号室から出てきた時、波賀さんが白い手袋をしていたの」

「――手袋？」

「ええ、それも円タクの運転手がするような。ただ、すぐに脱いでズボンのポケットに突っこんでしまったんだけど」

「ふむ、指輪は？　波賀氏は左手の中指に指輪をはめていたそうですが」

「ええと、そうね……外してたわ。波賀さんの利き手は右だから邪魔になる心配はないんだろうけど、それこそ銭湯の中でもつけてるって噂だったから驚いてしまって」

なるほど、と棘は頷いた。

顔のうっ血、ガラガラ声、ふだんとは違う服装、外された指輪――一つ一つは些細《ささい》な違和感だとしても、これだけ集まれば明らかな〈異常〉だ。

と、不意に。

《――鏡を》

ぽつり、と声がした。

声の主を見なくてもわかる――荊だ。

《鏡と椅子を運んできてくれるかな、当時と同じように》

「……なぜ私が？」

《お嬢さんに力仕事をさせるのは紳士の名折れだろ》

抜かせ、と。

舌打ちと共に罵りたい衝動をこらえながら、棘は薫子に向き直った。

「失敬、当時の状況を再現したいのですが――」

かくして数分後。

「椅子の置き場所は、この位置で間違いないですか？」

「ええ、大丈夫。そもそも椅子がガタつかずにすむ場所がそこしかなくて」

共用棟の出入口横にかかっていた鏡。そして、四号室にあった木製の椅子。

薫子の案内に従ってその二つを中庭に運び出した棘は、事件当時と同じように椅子の上に鏡を立てかけた。椅子の配置は、中庭のほぼ中央――二号室と五号室を結んだ直線上、ちょうど五号室のドアを背にして二号室と向かい合う位置だ。

そうして改めて鏡に向き直ってみると――。

「思いの外小さいですね。ダンスの練習用と聞いたので等身大かと思いましたが」

黒ずんだ木枠で縁取られた鏡は、幅四十センチほどに見えた。高さは――おそらく九十センチもないのではないか。
が、そんな棘の呟きを聞いた荊が、ふっと小さく笑って、
《光の入射角と反射角は等しくなるからね。単純に言えば、背丈の半分以上の高さがある鏡なら、全身を映すことができる——初歩的なことだよ《Elementary》》
「素晴らしい《Excellent》——とでも返すべきですかね」
なるほど、元ネタはコナン・ドイルだ。
と、しばらく鏡面と向きあった荊が、すうっと目を細めたかと思うと、
《郷田について訊いてもらえるかな。ひき逃げ事故の後、怪我や事故をしたことがなかったか。とくに鏡に関するものを》
「……わかりました」
もちろん質問する先は薫子だ。
訊ねられた薫子は、しかめ面で考えこんでいたものの、やがてハッと顔を上げると、
「そう言えば、郷田さんに買い出しを頼んだら、店先の鏡で突き指をしたって大家さんから聞いたことがあるような」
「なるほど、原因はわかりますか？」
「さあ、どうも鏡に映った売り物をとろうとしたみたいなんだけど……あ、そうだ。たしか銭湯でも、鏡に映った蛇口の栓をひねろうとして突き指したことがあるみたい。それに、ひき逃げ事故にあって以来、歩いてる最中になにかにぶつかることが増えたよう

な……言われてみると、ちょっとおかしな感じだったわね」

と、そこで荊から呟きがこぼれた。なんでもない言葉を口にするように。

《なるほど、鏡失認か》

「――医学用語ですか？」

《脳の頭頂葉を損傷した患者に、まれに発現する症状だよ。鏡とはなにか――という言語的知識が保たれているにもかかわらず、鏡に映った景色や物体が、鏡とは反対側にあることを認識できなくなる。つまり鏡の中や、その背面に存在しているものだと思いこむわけだ》

なるほど、と棘は頷いた。

部分的に聞きとれない単語はあったが、おおむね理解できた。

となると、突き指の原因は、ひき逃げ事故の後遺症だったことになる。鏡に映った売り物や蛇口の栓を〈鏡の中にあるもの〉と誤認したからこそ、郷田はためらいなく鏡面に手をのばしたのだろう。

そして。

《鏡失認の症状は、鏡が正面に置かれている場合には起こらない。症状が発現するのは、たとえば病巣が右側にある郷田だと、鏡が患者本人の映らない右側方に置かれた場合に限られるんだ。そして郷田がドッペルゲンガーによる殺人劇を目にしたあの時、偶然この条件を充していたことになる》

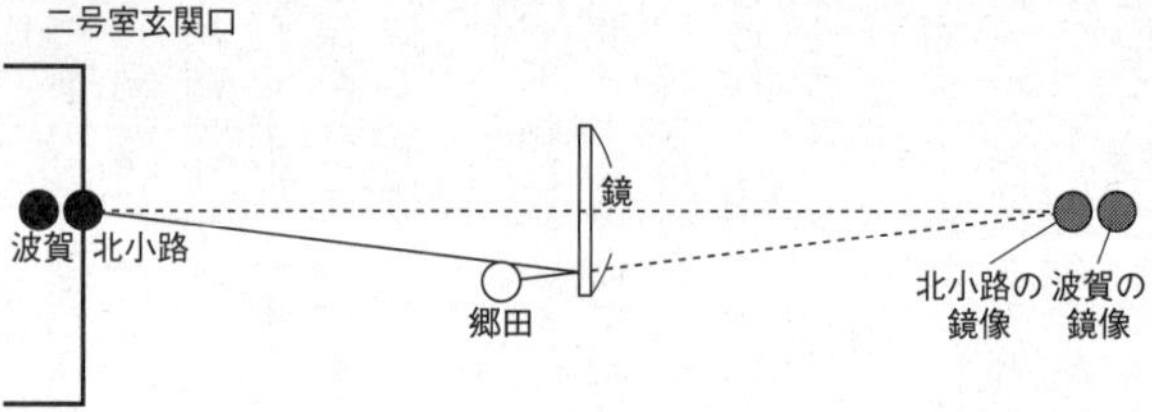


午後八時頃、東栄アパートに帰り着いた郷田は、用を足すために共同便所へと向かった。が、中庭を横切ろうとして、薫子が出しっ放しにした鏡にぶつかったのだ。

その時、郷田がぶつけたのは右膝だった。つまり郷田の右手——側面にあたる位置に鏡が置かれていたことになる。そして、鏡を見やった郷田の、その視線の先には——。

「なるほど、鏡に映った二号室の光景を目にした郷田氏は、鏡失認の症状によって、それが鏡の背面——五号室で起こっている出来事だと思いこんだ。つまり〈もう一人の自分〉による殺人が起こった現場は、五号室ではなく二号室だったわけですね」

そう荊にだけ聞こえる声量で囁いた。それに応えた荊が、頷くように睫毛《まつげ》を伏せる。

しかし、と棘は内心で続けた。

（肝心の犯人は一体誰なんだ？）

何より疑問なのは、どうして郷田は波賀の首を絞めている犯人を〈もう一人の自分〉だと思いこんだのか——ということだ。

と、軽く咳払いした棘は、所在なげにしている薫子に向かって、

「念のため確認しますが、郷田氏と姿形が似ている人物に心当たりはありませんか？彼が〈もう一人の自分〉と誤認する可能性のあるような」

「そうねえ、そんな心当たりは……あ、いえ、ちょっと待って」

やおら制止の声を上げた薫子は、しばしためらうように沈黙すると、

「実は、郷田さんと波賀さんの後ろ姿がよく似てるって評判だったの。顔は似ても似つかないんだけど、二人ともすらっと背が高くて、ふだんの格好がよく似てたから、遠目に見間違えることがよくあって」

さて、と口の中で呟きつつ帽子を持ち上げ、棘は片手で前髪を後ろまで撫《な》でつけた。

（いや、しかし……一体どういうことだ？）

薫子の証言をもとに考えるなら、郷田の目にした〈もう一人の自分〉は波賀である可能性が高いことになる。が、郷田の証言を信じるなら〈もう一人の自分〉に首を絞められていた被害者もまた波賀自身なのだ。

それに、と胸の内でつけ加える。

たとえ〈もう一人の自分〉の正体が波賀だとしても、ただ背格好と服装が似ているというだけで、そこまで頑《かたく》なに自分自身だと思いこむものだろうか。

が、顎に手を当てて考えこむ棘を尻目に。

《――そろそろ二号室に行こうか》

という荊の一言で場所を移すこととなった。

「たぶん波賀さんの遺品は、あらかた大家さんが処分しちゃった後だと思うんだけど」

そんな薫子の声を背に、先ほど受けとった鍵で二号室のドアを解錠する。内開きのドアは、下の端がささくれたように剝がれていた。薄っぺらな板一枚の粗末な造りだ。

「さ、どうぞ。遠慮なく上がってちょうだい」

部屋主きどりの薫子にうながされて入室した棘は、思わず鼻に皺を寄せた。

耐えきれないほどではないが、淀《よど》んだ空気にはなんとも言えない臭いがある。黴《か》びたような、腐ったような――土の剝《む》き出しになった壁や染みだらけの天井、それに汗や垢《あか》や埃《ほこり》のまじりあった貧しさの臭いだ。

(さて、起きて半畳、寝て一畳とは言ったものだが)

中には申し訳ていどの靴脱ぎがあって、その奥が三畳一間の畳敷きだった。煤《すす》けたように黒ずんだ天井からは、裸電球がぽつんとぶら下がっている。

突きあたりの壁には、雨戸を閉めきった窓があって、隙間から差しこむ光が畳の目につまった鼠の糞《ふん》を薄ぼんやりと浮かび上がらせていた。

「あら、思った以上に片づいてるのね。簞笥も火鉢もなくなってるわ。大家さんが質屋に持って行っちゃったのかしら」

なるほど、薫子の言う通り、がらんとした三畳一間には家具らしい家具もなかった。残されたのは、天板のひび割れた卓袱台《ちゃぶだい》や薄っぺらな蒲団《ふとん》で、汚れ具合から察するに、質入れ不可能と判断された品々であることが察せられる。

(今さら調べたところで大した成果は望めそうにないな)

遅きに失したと言うより他にない。

が、内心落胆した棘が、スーツの懐から白手袋を取り出したところで、

「あら？　なにかしら、これ」

一足先に上がりこんだ薫子から声が上がった。見ると、畳の隅に重ねられた蒲団から箱状の何かがはみ出している。

「失敬、素手で触れないように。こちらで預かります」

すかさず土足で畳に上がりこむと、白手袋をはめた手でそれを受けとった。

(――本？)

江戸川乱歩全集、第九巻『盲獣』。

三年前に平凡社から出版された函《はこ》入りの全集の一冊だ。表紙に黄金色のレザークロスがほどこされた四六判の上製本。荊の蔵書の一つでもある。

(しかし、どうしてこんな場所に？)

おそらくは、畳んだ蒲団の間に隠されていたのだろう。が、そこまで値の張るものではないとはいえ、好事家向けの豪華本だ。暮らしぶりの貧しさから考えれば、存在その

ものが不釣り合いなようにも感じる。

が、注意深く函から引き抜くと、癖のついたページが自然と開いた。開き癖がついている。さらに言えば、灰をこぼしたような汚れと、嗅ぎ覚えのある臭いがあった。

(──煙草か?)

よく見ると、蒲団にも煙草の焦げ跡らしい黒ずみがある。どうやら寝煙草の習慣があったようだ。その際に読書をする癖があれば、こんな汚れや臭いが残るのだろう。何にせよ、波賀の愛読書であったのは確かなようだ。

(どうも人物像がつかめないな)

波賀世之介──という男のことだ。

外から見た波賀の評判は女癖の悪い小悪党。が、この部屋から読み取れる人物像は、貧しい暮らしの中、夜な夜な乱歩に耽溺《たんでき》する文学青年──もはやまったくの別人だ。

加えて、開き癖のついたページから察するに、波賀が愛読していた作品は──。

と、つらつら棘が考えたところで、その先を遮るように声がした。

《──なるほどね》

荊だ。

──それ、と。

続く声につられて振り向くと、ついっとのびた指先が、棘の手にした本を指さして、

《指紋を調べてもらえるかな、とくに外側の函を》

「函、ですか？」

《そう、函に残った左手の指紋を。彼女の証言通り、波賀が右利きだったのなら、中から本を引き抜く時、左手で箱をつかむだろうから》

なるほど、よほど持ち方に癖のある人間でもない限り、左手の——それも人差し指から小指までの四指が一揃いにまとまった形で検出できそうだ。加えて、指紋の検出しやすい材質のようにも見える。が、根本的な問題として——。

「しかし、犯人が手袋をはめていたのなら、指紋が残っている可能性は低いのでは？現に警察は犯人らしき人物の指紋を発見できなかったようですが」

《いや、僕が調べたいのは被害者の指紋だよ》

謎かけめいたその言葉に、棘はひょいっと片眉を上げた。

たしかに警察が重要視するのは犯人の指紋だろう。身元の割り出し以外に被害者の指紋が注目される場面は少ないはずだ。裏を返せば、わざわざ調べるべき情報でもない。が、わずかに眉をひそめた棘は、しばし顎に手を当てて考えこむと、

「わかりました。明朝——いえ、今すぐこのアパートを引き上げるなら、今日の夕刻までには結果を知らせます」

《へえ、ツテで警察に調べてもらっても、数日かかると思うけど》

「いえ、私がやります。おそらくヨウ素液で検出できると思うので」

そう宣言した棘に、おや、と荊が瞬《まばた》きをした。意外だったようだ。

「効率主義のアナタがわざわざ調べるなら、それだけ重要な手がかりでしょうから」

言いながら棘は肩を軽くすくめてみせた。

実を言えば、今このアパートに棘がいるのも同じ理屈だ。

依頼人が匿名という時点で、本来なら棘に依頼を引き受ける選択肢はない。が、出不精の荊がわざわざ現地を訪ねて調べようとするからには、なにか考えあってのことなのだろうと――そう棘なりに信じた結果だ。

と、何か察したらしい荊が、口の端で小さく笑って、

《お前は、もう少し自分で考える癖をつけた方がいいね。そうやって僕を信じてばかりいると、この先ろくな目に遭わないだろうから》

「……でしょうね」

何を今さら、と肩をすくめて「ただ」と棘はつけ加えた。

「探偵として考えるのがアナタの役目だとすれば、アナタの考えたことを信じるのが私の役目ですから――助手として、できることをするだけです」

しばらくの間、荊から応えは返らなかった。が、なるほど、と溜息のように囁くと、

《けれど僕は、お前は探偵に向いてるんじゃないかと思うよ》

「ほお、なぜ？」

《この先、お前が誰かの助手になることはないだろうけど、探偵にはなるかもしれないと思ってね――僕が死んだら》

それを聞いた途端、刃物のように眼差《まなざ》しが尖《とが》るのがわかった。怒りだ。

横っ面を張り倒すかわりに、刺すような目で荊をにらむと、

「——冗談だろうと、二度と言うな」

荊から応えは返らなかった。肯定も否定もしないまま、ただ「聞こえてるよ」とでも言いたげに、半ばまで瞼《まぶた》を閉じて。

そして、ふと思い出したように囁いた。棺《ひつぎ》の底で冷たく横たわる死者が、ほんの一瞬だけ笑みを取り戻したように。

——敬語忘れてるよ、と。

＊

逢魔《おうま》が時《とき》——という呼び方の似合いそうな夕暮れだった。

禍々しいまでに赤く爛《ただ》れて、街のすべてが赤黒い影絵めいている。

舞台の書き割りじみて、どこか偽物くさいビル群。灯《あか》りの点《とも》ったカフェの窓辺を行き交う人々は影法師のようで、チンチン、と甲高い警笛を鳴らす路面電車もまた、不吉な影を背負っているように見えた。

——魔都だ。

「まさか君からドライブに誘われるとはね、しかも弟くん抜きで」

シボレーの運転席でそう言ったのは北小路子爵だった。トントン、と人差し指でハンドルを叩く横顔は、半分笑っているようにも見える。

対して助手席に座った荊は、蠟人形めいた無表情で肩をすくめると、

「棘は、僕の指示で東栄アパートに。調査が一通り終わったので、探偵役のアナタにも報告しておいた方がいいかと思いまして」

「ああ、ようやく僕の肩書きが探偵だってことを思い出してくれて嬉しいよ。そろそろ僕自身も、君たちの運転手兼付き人だって思いこむところだったからね」

そうして一連の調査について聞かされた北小路子爵は、ヒュウ、と口笛を吹いて、

「なるほどなあ、なかなかどうして君好みの奇々怪々っぷりだ。期待外れに終わらなくてよかったよ。ただ――」

そう言葉を続けると、トントン、とハンドルを叩くリズムを変えないままで、

「二号室で波賀の首を絞めているところを目撃された犯人――郷田の言う〈もう一人の自分〉の正体がなんなのか、肝心のところはわからずじまいみたいだね」

「ええ、東栄アパートを調査した限りでは」

淡々とした声で荊が応える。

それを聞いた北小路子爵は、トトン、と愉快げにハンドルを鳴らすと、

「一葉薫子っていう女性の話を聞いた限りだと、服装や体格の共通性から考えて、波賀が〈もう一人の自分〉である可能性もありそうだ――けれど波賀は、その〈もう一人の

自分〉に首を絞められた被害者だからね。一人の人間が二人同時に存在できるわけがない。それこそ本物のドッペルゲンガーだよ」

半分笑っている調子で言った。

それとも、と続けた北小路子爵は、ちらっと横目で荊をうかがって、

「二号室で首を絞められてた人物が、波賀とは別人っていう可能性もあるのかな？」

「いえ、郷田の証言では、たしかに波賀の顔だったそうです。詰め襟のシャツにズボンという服装も同じだったと」

ははは、と北小路子爵が乾いた声で笑った。支離滅裂な冗談でも聞かされたように。

「それじゃあ、完全にお手上げだ。犯人は、今もこの世のどこかにいる郷田のソックリさんで、捜し出そうにも手がかりなし。いよいよ先が思いやられるよ」

「ただ、東栄アパートを出てから進展がありました——外函に残された指紋です」

——江戸川乱歩全集、第九巻『盲獣』。

その外函と——指紋の識別のために持ち帰ったいくつかの遺品から検出された波賀の指紋は、数十個におよんだ。

有言実行を果たすべく棘の奮闘した結果だが、そのすべてを「終わらせました」の一言で片づけるのが弟の弟たるゆえんであり、「ああそう」の一言で片づけるのが兄の兄たるゆえんでもあった。

が、結果としてわかったのは——。

「外函に残された左手の指紋は、どれも中指が欠けていました。持ち主である波賀の左手中指は、付け根から欠損していたんです」

「――いや、それは変だな」

すかさず北小路子爵の口から否定の声が上がる。

「アパートの住人たちの話では、波賀はいつだって左手中指に指輪をしてたそうじゃないか。左手中指が欠けていたのなら、そもそも指輪をはめられるわけがない。指紋を調べてくれた弟くんには悪いけど、なにかの間違いだと思うよ」

が、その言葉に荊が耳を傾けた様子はなかった。白すぎるほど白いその貌《かお》は、瞼を開いたまま息絶えた死体のようにも見える。

と。

「明治の頃の話ですが、蠟でできた義指をつけた詐欺師が米国にいて、接合部を指輪で隠していたそうです――おそらく波賀の左手中指も蠟や樹脂でできた義指でしょうね」

指紋とは、すなわち指先から分泌された皮脂の痕跡だ。

もしも波賀の左手中指が義指であれば、外函から左手中指の指紋を採取できなかったことにも説明がつく。たとえ、どれほど精巧に造られた義指でも、皮脂が分泌されなければ、指紋が残るはずもない。

――が。

「しかし、波賀の左手中指が義指だったとすると、あまりに不可解な矛盾があります。

郷田が交番から巡査を連れ帰った後、二号室から現れた波賀は手袋をしていました。その手袋を脱いだ際に、指輪をはめていない状態の左手中指をさらしているんです」

矛盾だ——それも、あまりに致命的な。

そして〈波賀が指輪を外しているところを見た〉という薫子の証言が撤回されない限り、矛盾が解消される見こみもない。

しかし。

「一つ、本の持ち主である波賀は左手中指が欠けていた。二つ、巡査を連れ帰った後、二号室から現れた波賀には左手中指が存在していた。この矛盾から導き出される答えは一つです。すなわち後者の彼は、顔から形から寸分違わぬ波賀と瓜二つの別人だった」

はあ？　と。

北小路子爵の口から、華族らしからぬ声が飛び出した。

驚きと——あきれだ。

「ありえない！　交番の巡査ならともかく、日常的に顔を突きあわせるアパートの住人二人が、揃って〈波賀本人で間違いない〉って証言してる人物だろ？　それが姿のよく似た別人だって？　そんな都合のいい話があってたまるもんか」

が、それを聞いた荊は、ことん、と首を横に傾げると、

「答えは、本の中にありました。江戸川乱歩全集、第九巻——五篇収録された小説のうち、ある一篇にだけ開き癖がついていたんですよ。波賀が何度となく読み返していたの

は、その一篇だけ。そして、その小説の題名こそが、この事件の答えなんです」

そう告げると、くすくす、と喉の奥で笑って、

「恐怖小説や精神病理の外にも〈もう一人の自分〉は実在しえるという話ですよ。顔形のまったく違わぬ、相似の容貌をした分身が。つまりは――」

言い終えぬうちに。

助手席からのびた荊の手がハンドルをつかんだ。

「おわっ！」

悲鳴を上げた北小路子爵が、ほとんど反射的にブレーキペダルを踏みこむ。急ブレーキのかかった車体が、がくん、とつんのめるように停まった、その直後に。

「――失礼」

唐突にのばされた荊の手が、ほとんどむしりとるように北小路子爵の喉元からアスコットタイをはぎとった。

露《あら》わになった喉には、筋状の傷が――どす黒く変色した細い紐《ひも》状の痕と、両手でかきむしったらしい爪痕が、蚯蚓腫《ばれ》れの傷跡となって残っていた。

――絞め殺されかけた痕だ。

「〈双生児〉――それが小説のタイトルです。この事件の犯人は、被害者と一卵性双生児の兄弟であるアナタだった。そうでしょう、探偵さん」

長い長い沈黙が落ちた。

北小路子爵は、感電したように唇を震わせて茫然《ぼうぜん》自失している。と、はは、と不意に笑い出した。笑い声の出来損ないのような、かすれきった声で。

そして、ゆっくりとシートに背を預けると、ぐしゃぐしゃと前髪をかき回しながら、

「まいったなあ、これじゃあ、完全な不意打ちだよ。いくら君たち兄弟でも、たった半日で犯人に辿り着くなんて、夢にも思わなかったからね」

とぼやいた。

声も、指先も、一目でわかるほどに震わせながら。

が、それを見た荊は、眉一筋も動かさないまま、ことん、と首を傾げると、

「練り白粉で首の傷跡を隠すのはやめたんですか？」

「ああ、やっぱりバレてたのか。アスコットタイで隠してはいたけど、念には念を入れて——と思ってね。ただ、あんな一瞬で嗅ぎつけられるとは思わなかったけど」

まったく犬並みの嗅覚《きゅうかく》だよ、と。

北小路子爵がぼやいたのは、兄弟二人で四〇一号室を訪ねた際に、棘との間で交わされたやりとりだ。

〈練り白粉の匂いがしたので。舞台女優ですかね〉

あの時、棘の嗅ぎつけた匂いこそが、傷隠しのために塗られた練り白粉だったのだ。

と、片手で顔をこすった北小路子爵が、苦笑いするように八重歯を見せると、

「けれど、どうして僕に辿り着いたのかな？　どうやら一卵性双生児の兄弟が関係して

るらしいって目星をつけたところまではわかったよ。けれど、波賀の素性が不明である以上、僕とつながる線はどこにもなかったはずだけど」

「――ヒトゴロシ、ですよ」

眠るように瞼を伏せて荊は告げた。屍者《ししゃ》か亡霊の告発のように。

「ひき逃げ事故の後、真夜中にうなされることのあった郷田は、その度に『ひとごろしー、ひとごろしー』と叫んでいたそうですね。それも事故当時のことを夢に見ながら」

自然に考えるなら、〈ヒトゴロシ〉というその言葉は、まんまと逃げおおせたひき逃げ犯に対する罵り文句だろう。

が、何度もくり返されるその言葉に、なにか特別な意味があるとすれば――忘れてしまった記憶の底からよみがえった犯人の手がかりである可能性もあるのではないか。

「その前提で考えると〈ヒトゴロシ〉の持つ意味が変わります。〈１５６４《ひとごろし》〉――四桁《けた》の数字を表す、ごく単純な語呂《ごろ》合わせです。要はひき逃げ犯の車両番号だったんです」

おそらくひき逃げ事故に遭った郷田は、意識を失う前に車両番号を頭に刻みこもうとしたのだろう。が、事故のショックによって、それを思い出せなくなってしまった。

その一方で、犯人を捜し出したい、捕まえたい、という郷田の声なき想いが〈ヒトゴロシ〉という叫びとなって夢に現れたのだ。

波賀もまたいち早くそれに気づいたからこそ、「アンタのお陰でいいカモが見つかったよ」と郷田に礼を述べたのだろう。

つまりその時点で波賀の頭の中には、車両番号からひき逃げ犯を特定し、脅迫して大金をむしり取る――という計画が存在していたことになる。

そして、ついに車両番号からつきとめた、その車こそが――。

「〈1・564〉――今、僕たちが乗っているこの車です。波賀としても、ずいぶん驚いたんじゃないかと思いますよ。ひき逃げ犯を捜し当てたと思ったら、それが生き別れた双子の兄弟だったわけですから」

羽賀《はが》光之介《こうのすけ》――それが〈波賀世之介〉という偽名を名乗っていた男の本名だ。一方、北小路子爵の旧名は、羽賀彰生。

一卵性双生児の片割れとして生を受けた光之介は、兄の彰生が北小路子爵家の跡取り息子として引き取られた後、見習い工として丁稚奉公に出された。が、ほどなくして奉公先を飛び出し、行方知れずとなっている。そのなれの果てが〈波賀世之介〉というロクデナシの小悪党だったのだろう。

――名探偵と犯罪者。

――成功者と無一文。

その差を目の当たりにした時、波賀の心中にわき上がった感情は、はたしてどんなものだったのだろうか。

が、結果として生き残ったのは、兄である北小路子爵であり――弟であり脅迫者である波賀世之介は、トランク詰の死体となって溜め池に浮かぶこととなったのだ。

と、不意に。

ブッと噴き出した北小路子爵が、アハハハ、と調子外れの声で笑い出した。笑いすぎて咳《せ》きこむまで、痙攣《けいれん》するように喉と肩を震わせながら。

「いやあ、ごめんごめん、君でも見抜けないことがあるんだなって思ってさ」

と言った北小路子爵は、目尻に浮かんだ涙をぬぐって、深く長い溜息を吐いた。

そして。

「一つだけ間違ってる。波賀世之介の正体は、弟の光之介じゃない、兄の彰生だよ」

そう告げた北小路子爵の顔に浮かんだのは、いわくいいがたい表情だった。

笑い出しそうで、それでいて泣き出しそうな。

哀しみ、恐れ、自嘲《じちょう》、諦念《ていねん》──さまざまな負の感情がいりまじった目で。

「──弟は、僕だったんだ」

小刻みに唇を震わせたその顔は、決壊寸前の荒川を思わせた。

暗くて、濁っていて。

底なしの水底から助けを求めるように。

「羽賀光之介──それが僕の本当の名前だよ。僕は、双子の兄の偽物だったんだ」

＊

とある貧しい家に、彰生と光之介という双子の兄弟が生まれた。同じ鋳型で造られたように、顔立ちから背丈から、何もかもそっくりに育った二人が尋常小学校の六年生になった頃、北小路子爵家から養子縁組の話が舞いこんだ。双子のうち、どちらか一方を跡取りとして引き取りたい。見返りとして相応の金銭的援助を約束する。貧しさにあえぐ両親は二つ返事で承知した。

兄である彰生は、真面目で大人しくて気が優しかった。反対に、弟である光之介は、きかん気の強いやんちゃ坊主で、大人でも躊躇《ちゅうちょ》する悪戯《いたずら》を平気でやってのけては、末恐ろしい悪童として恐れられていた。

養子に選ばれたのは、当然のように兄の彰生だった。が、子爵家に引き取られる前に、彰生は事故によって左手中指を失ってしまう。

兄弟の生家は、近くにボタ山と呼ばれる炭坑跡があって、壊れたトロッコや炭車の残された坑道は、子供たちにとって格好の遊び場だった。

彰生の指を吹き飛ばしたのは、坑内に残っていたダイナマイトの不発弾で、爆発の原因は光之介の悪戯ではなかったかと噂されている。

一計を案じた両親は、弟の光之介を兄の彰生と偽って子爵家に引き渡した。一方、邪魔者となった彰生は、兄弟の入れ替わりが発覚することを恐れた両親の手で、遠方の奉公先へと追いやられた。

——口封じに捨てられたのだ。

彰生の他にも口減らしとして丁稚奉公に出された子供たちはたくさんいて、大人並みにこき扱われながらも、渡される賃金は雀の涙。刑務所のような暮らしから逃れるために、一人また一人と奉公先から逃げ出した子供たちは、故郷にも帰れず、不良集団となって悪事を重ねることとなった。

盗み、詐欺、恐喝、たかり。

彰生もまた、そんな不良少年の一人として悪さを働き、ついにはヤクザの使いっ走りとして、社会のはぐれ者の一員となった。

飢えと貧しさ、疲れと苦しみは、人から共感と同情を剝ぎとり、思いやりと想像力を奪って、心を獣へと近づけていく。足を洗えば他に生きていく道のない世界で、弟に〈彰生〉の名を奪われた兄は、やがて〈波賀世之介〉という名のロクデナシとなった。

偽り、欺瞞《ぎまん》、ごまかし――そんな花言葉をもつ鬼灯の刺青と共に。

＊

「養子先で僕のしたことは、必死に兄を演じることだったんだよ。記憶の中にある品行方正な兄の通りに。バレたらなにもかも失うと思ってたからね――だから兄が奉公先から行方をくらませたと知っても捜そうともしなかった。ただ見殺しにしたんだよ」

子供時代に飢えと貧しさを知った者は、それを極端に恐れるようになる。豊かな生活を守るためなら肉親をも見捨てるほどに。

偽り、欺瞞、ごまかし――生涯隠し通すべき秘密を抱えて、演じて演じて、演じ続けることに疲れはてた彼は、ついには既婚女優との間に心中未遂事件を起こした。

そうして学習院を退学処分となった矢先に出会ったのが、荊と棘という二人の兄弟であり、やがて〈華族探偵〉として名を馳《は》せることになった北小路子爵は、〈波賀世之介〉となった兄と再会するはめになる。

名探偵と小悪党として。

いや、ひき逃げ犯と脅迫犯――強請られる者と、強請る者として。

「半月前に突然兄から連絡があって、東栄アパートに呼び出されたんだ。例のひき逃げ事故の被害者がいるって聞いてたから、前にやったことのある円タクの運転手に変装してね。手袋をはめてたのは、そういう理由だったんだよ」

兄の要求は、当座の金として五十万円を用立てること。そして、驚いたことに――兄弟の立場をもう一度入れ替えることだったのだ。

「たぶん江戸川乱歩の〈双生兒〉から思いついたんじゃないかな。あの小説は、一卵性双生児の片割れとして生まれた語り手が、家督相続者として莫大《ばくだい》な財産と想い人を手に入れた兄を殺して、それになりすます話だから――きっと夜な夜な〈双生兒〉を読みながら思い描いていた妄想を現実にしようとしたんだよ」

計画では、兄弟の入れ替わりは国外で行われる予定だった。

まずは探偵稼業を廃業した北小路子爵が単独で渡航する。そこに偽造の旅券で出国した波賀が合流し、互いの立場をそっくりとりかえるのだ。

波賀が帰国するのは数年後、世間の人々が〈華族探偵〉の存在を忘れ去った頃だ。

「兄としては、弟の僕に奪われたものをただ取り返すだけのつもりだったんだろうね。地位、財産、教養、名声――本来は、自分が手に入れるはずだったすべてを」

けれど、と続けて北小路子爵は首をふった。

深く掘られた落とし穴のような、そんな空洞じみた目で。

「結局、僕は兄の要求を拒んだ。たとえ警察に逮捕されても〈北小路彰生〉としての人生を手放すつもりはないと宣言して、それきり東栄アパートを後にしようとしたんだよ。けれど、二号室のドアを開けて中庭に出ようとした、その矢先に――」

語尾が、消えた。

まるでふっと蠟燭《ろうそく》をかき消したように。

が、やがて深い溜息をもらすと、震える手で前髪を後ろに撫でつけて、

「兄に襲われて、背後から首を絞め上げられたんだ。助けを求めて死に物狂いでドアを開けて――その様子を目撃したのが、偶然中庭にいた郷田だったんだよ」

が、鏡越しに二号室の光景を目撃した郷田は、ひき逃げ事故の後遺症である〈鏡失認〉の症状から、それが五号室で起こった出来事だと思いこんでしまった。

その上さらに――。

「首絞めの現場を目撃した郷田は、まず僕のことを波賀だと思いこんだ。そして背後で首を絞めている兄のことを〈もう一人の自分〉だと思いこんだんだ。理由は、顔がよく見えなかったこと、服装や背格好がよく似ていたこと、そして、左手中指が欠けていたことだよ。僕の首を絞めているうちに義指が外れてしまったんだろうね。そして鏡は左右を反転させる。鏡越しに兄の姿を目にした郷田は、左右逆の右手中指が欠けていると思いこんでしまったんだよ、自分とまったく同じように」

すべては意図せずに起きた偶然だったのだ。

が、結果として〈もう一人の自分が殺人を犯している〉と思いこんだ郷田は、身も世もない悲鳴を上げつつ、近くの交番へと駆けこんだ。

しかし結局、直後に命を落としたのは、返り討ちにあった波賀の方だったのだ。

兄殺しの殺人者となった北小路子爵は、物言わぬ死体となった片割れを前に途方に暮れた。が、ドアの向こうから、巡査を連れた郷田や、野次馬である薫子の声が聞こえてくると――とっさに喉の傷をシャツの襟で隠し、顔の鬱血《うっけつ》やガラガラ声を風邪の症状として誤魔化《ごまか》すことに決めて、「一体なんの騒ぎです？」と二号室から顔を出したのだ。

が、ここで手痛いミスが発生した。

「手袋を外した際に、指輪をはめていない左手中指をさらしてしまってね。そのせいで、兄の死体から左手中指の付け根を食いちぎるはめになったんだ。もしも彼ら三人の前に姿を現したのが波賀と瓜二つの別人だってバレたら、そこから僕に辿り着くかもしれないからね。だから異常者の犯行に見せかけるしかなかったんだよ」

そして、と呟いて北小路子爵は力なく頭をふった。懺悔《ざんげ》室で告白する罪人のように。

「そこから先は、魔が差したとしか言いようがない。郷田に波賀殺しの罪を着せ、自殺に見せかけて殺害すれば、ひき逃げ事故の口封じもできて、まさに一石二鳥だと気づいてね。だから波賀になりすまして五号室にいる郷田を訪ねた。そして鎮静睡眠薬《カルモチン》入りの酒を飲ませて、天井の梁から吊《つ》るしたんだ」

なるほど、と荊は頷いた。

あまりに淡々と——つまらない芝居の感想でも伝えるように。

「魔が差した、というのは嘘でしょうね。兄に脅される前から、指紋がつかないように、わざわざ手袋をはめた状態で東栄アパートを訪ねたことも含めて。少なくともアナタは、初めから兄殺しに手を染めるつもりで、あのアパートを訪ねたんですよ。二号室にいる間中、一度も手袋を外そうとしなかった時点で、アナタは十分に人殺しです」

そんな荊の言葉に、北小路子爵の顔がくしゃりと歪んだ。

「手厳しいなあ。前から思ってたけど、他人の悪を暴く時の、君のその饒舌《じょうぜつ》さはなんなんだろうね。神様きどりかな？　もしも近親憎悪なら、いっそ可哀想だと思うよ。鏡に映った自分に吠えてる犬みたいだ……言ってることは、ぜんぶ本当だとしてもね」

そう言って笑った北小路子爵の顔は、心の中身を暴かれた罪人のそれだった。恐れと怯えともつかない目をして——それでもたしかに笑いながら。

「けどね、こればっかりは信じて欲しいんだけど、ひき逃げ事故を起こした時に警察に出頭しなかったのは、君たちのことがあったからだよ。僕はずっと兄の偽物で、ドッペルゲンガーで、鏡像だった。記憶の中の兄を演じ続けている内に、そもそも本当の自分ってものがわからなくなってね——だから、ほんの少しでも長く、君たちの探偵でいたかったんだよ。そのために相応しい人間でありたかったんだ」

——けれど、これで全部おしまいなんだろうな。

そう呟いた北小路子爵の声は、語尾がかすれて震えていた。泣いているように。

と、やおら肩を震わせ始めたかと思うと、片手で顔を覆ってハンドルに突っ伏した。

声を殺して、歯を食いしばって、せめてもの意地で泣き声を聞かせまいとするように。

——が。

なーんてね、と。

言いながら顔を上げた北小路子爵の手には、一挺《いっちょう》の拳銃《けんじゅう》が握られていた。

まるで質《たち》の悪い冗談のように。

そして、唇を横に引きのばすようにして皮肉に笑うと、

「君のことだから、スーツの下に拳銃を隠し持ったところで、どうせ一目で見抜かれるだろうと思ってね。運転席のシートに切りこみを入れて、予備の銃を中に隠しておいた

んだよ。君とドライブするんだから、このぐらいの用心は必要だろ?」

と肩をすくめてみせた北小路子爵の顔に涙はなかった。

荊もまた眉一筋も動かさないまま、ことん、と首を傾げてみせて、

「さて、いつ細工を?」

「昼頃だよ。君たちを東栄アパートに送り届けて、すぐ後にね」

そんなやりとりの間にも、銃口は荊をにらんだまま動かなかった。やがて引き金に指をかけた北小路子爵は、くしゃりと顔を崩すように苦笑しながら、

「認めるよ、僕は生まれついての悪人だ。けれど、君を撃ちたくないっていうのも嘘偽りのない本音でね。うっかり君を撃ったりしたら、地獄の猟犬みたいな弟くんに一生追い回されそうだ」

「となると、僕を生かしたまま逃げるつもりですか?」

「どうだろうね、満州国行きの船に乗って高飛びするつもりだけど、それまで君に人質になってもらおうかな——そんなわけで、しばらくドライブに付き合ってもらうよ」

声だけは軽い調子のまま、荊のこめかみに銃口を押し当てた。

「悪いけど、後ろの座席に移ってもらえるかな? 君を助手席に座らせておくと、まず間違いなく寝首をかかれるからね。本音を言えば麻酔剤で眠らせたいところだけど」

「まるで猛獣扱いですね」

「いやあ、魔物の間違いじゃないかな。だって君たちは人の姿をして人じゃないだろ。

なかなか説明しにくいんだけど、何かの拍子に『ああ、人じゃないんだな』って感じる瞬間があってね。それでもいいと思ったから一緒にいたんだけど」

荊から声は返らなかった。至近距離から銃口を向けられてなお、まるで蠟人形のように瞬き一つしないままで。

「けれど……君は怪物って呼んだ方がよさそうだね」

肩をすくめて呟いた北小路子爵は、同時に抜かりなく銃口を突きつけながら、運転席と一繫《ひとつな》がりになった助手席に移動すると、その先にあるドアを蹴り開けた。

銃口で脅しながら、先に降りるように荊をうながす。続いて車外に出ると、後部座席のドアを開けて、ほとんど突き飛ばすように荊を中に押しこんだ。仕上げにズボンから引き抜いたベルトで後ろ手に縛り上げる。

そこまでして、ようやく緊張を解いた北小路子爵は、悪夢から目覚めたような顔つきで、深々と安堵《あんど》の息を吐き出した。

が、汗で濡れた前髪をかき上げつつ、後部座席のドアを閉じたところで、

「――うん？」

なにげなく後方に目をやった北小路子爵は、直後にぎょっと二度見した。そして、たった今目にした光景が現実のものだと悟った、次の瞬間――。

「嘘だろ、おい！」

愕然《がくぜん》と叫んだ北小路子爵が、即座に運転席に乗りこんでエンジンを始動させた。

車体が滑り出すや否や、クラッチペダルを踏みこみ、スロットルレバーの操作で加速する。咆吼《ほうこう》にも似たエンジンの回転音と共に、転がるようにシボレーが走り出した。

その一瞬後だった。

フロントガラスに〈市内一円〉の表示をはり出した円タクが、先ほどまでシボレーが停まっていた地点を猛然と走り抜けていった。

堅牢《けんろう》さがウリの、深緑色の箱型車――かつてタクシーの代名詞として一世を風靡《ふうび》したT型フォードだ。が、しょせんは使い古しの型落ち車――のはずが、矢のように疾駆すると、ぐんぐん北小路子爵の運転するシボレーとの車間距離をつめていく。

追う車と追われる車。

一見した印象は、ハリウッド映画さながらの追走劇だが――。

「そんな生易しいものであってたまるかよ!」

舌打ちと共に北小路子爵は吐き捨てた。

なぜなら追っ手の運転手が棘だからだ。ハンドルを握る棘の顔は、獲物を追う猟犬にも似た凶相だった。

――獣の狩りだ。

が、背後をうかがう余裕があったのはそこまでで、フロントガラスに向き直った北小路子爵は、いきなりハンドルを右に切った。切りながらエンジンを加速させる。

キキキ、と車輪のたてる絶叫を聞きながら急カーブをきめると、強引な大回りで右手に口をあけた細めの路地へと頭から突っこんだ。

上手《うま》くいけば、機動力で劣るフォードから逃げきることができるはずだ。

――が。

パン、パン、と立て続けに破裂音が上がった。

一つ目は、銃声。

では二つ目は――と北小路子爵が考えるよりも先に、ガタンガタン、と激しく跳ね始めた車体の振動でハンドルをとられた。これまでしっかりと路面を噛んでいたはずの後輪が不安定に暴れている。

肩越しに振り向くと、路地の入り口で停車したフォードの運転席には、窓から身を乗り出した棘の姿があって、なんとその手には小ぶりの拳銃があった。

後輪のチューブを狙撃したのだ。

「おい、冗談だろ！」

このままでは横転する。

そう判断した北小路子爵が急ブレーキをかけたものの、あえなく車体が傾こうとしたその直後――いつの間にか横に並んだフォードが急ハンドルを切った。

衝撃。

車体のぶつかりあう火花と摩擦音。

結果、横から体当たりしたフォードが、道路脇の塀との間にシボレーを押さえこみ、やがて電信柱に衝突したシボレーは、白い煙を噴き上げながら急停車した。

運転席では、肩を強打した北小路子爵が、ハンドルに突っ伏してうめいている。

その一方で。

バン、とフォードの運転席のドアが蹴り開けられた。すかさず路上に降り立った棘が、カツカツとシボレーの後部座席に歩み寄る。

すると。

「どうしてこの場所がわかったのかな？」

ドア越しに聞こえた声は荊のものだった。声で無事を確認して、棘の目元が一瞬ゆるむ。が、すぐに表情を引き締めると、

「フロントで二人がドライブに出かけたと聞きましたので、タクシーの運転手に金を握らせて車を借りました——あとは勘です」

言いながら、火力の心許《こころもと》ない小銃をしまうと、手にしたステッキの先を持ち上げた。

発砲音と火薬の匂い。そして車窓のガラスが砕ける音。

棘のステッキに隠されていた銃身が、一発の弾丸を発射したのだ。

と、脱いだスーツの上着でガラス片を払い落とした棘は、すかさず片腕を突っこむと、ドアについた施錠用の突起を押し上げた。

「なるほど、いつも持ち歩いてるそれは、仕こみ銃だったわけか」

「ええ、英国で見つけまして。先月、運転免許を取得した件はお伝えしましたか？」

「へえ、初耳だね。自動車学校に通ってる様子もなかったけど」

「子爵からシボレーを何度か借りまして。ちなみに警視庁の試験は一発合格でした」

だろうね、と応えた荊は、すでに自力で拘束を解《ほど》き終えていた。ブーツの踵に仕こまれたナイフでベルトを切断したのだ。となると、あのままドライブを続けていれば、北小路子爵の喉はいずれ荊の手で背後からかき切られていたことになる。

と、一瞬ですべて読み取った棘は、そっと小さく息を吐き出して、

「多少武器を扱えて、体を鍛えたところで、護《まも》り通すのも難しいのがアナタですから。助手でいるための意地です——私なりのね」

言いながら車内の荊へと手を差しのべる。

軽く肩をすくめた荊は、ダンスの誘いを受けるようにその手をとって——しかし、するりと路上に降り立った直後、流れるように棘の手で胸倉をつかみ上げられた。

「ふざけるのもいい加減にしろ」

「……敬語を忘れてるみたいだけど」

「忘れさせたのは誰だと？　私が東栄アパートから戻るまでの間、アナタは待機している約束でしょう。なのに、よりにもよって真犯人と二人で——」

「そうだね。だから車の助手席で待機させてもらったんだよ」

「抜かせ」

「ところでタクシーが廃車寸前みたいだけど」

「もちろん弁償しますよ、アナタの本代で」

と始まった兄弟の言い争いは、たちまち犬の吠《ほ》えあいじみた罵倒大会へと発展した。

そんな中で。

放心状態というのか、体中の痛みと衝撃で茫然《ぼうぜん》としていた北小路子爵は、やがて夢から醒《さ》めた面持ちで瞬きをした。

「あの、もしもし、君たち。故障車二台で道をふさいでるのも問題だけど、犯人の僕を放ったらかしっていうのはさすがに――」

「「お前は黙ってろ」」

声を揃えて一喝した。

と。

突拍子もない馬鹿笑いが爆発した。

北小路子爵だ。

運転席から降りたはいいものの、事故による打ち身でろくに立てないのか、ドアにすがりつくように寄りかかって。

が、苦痛に顔をしかめながらも、ますます愉快げに肩をゆすって笑うと、

「君たちと一緒にいることほど楽しいことはなかったよ」

すっかり笑い疲れたような――遊びの時間を終えた子供のような顔でそう言った。

二人を見つめるその顔が、そっと歪む。

一瞬、本当にその一瞬だけ。

まぶしい光に目の奥を刺されたような、そんな顔で。

「非現実的で、刺激的で、馬鹿馬鹿しくて。結局、呪いみたいなこの現実を笑い飛ばす方法なんて他になかったって話だけどね――君たちの探偵でいられて本当によかった」

＊

どんよりと低く雲の垂れこめた、暗く、音のない雨の日だった。

到着と同時に強さを増した雨――何より、途端にずきずきと鈍く疼《うず》き出した頭痛に眉をひそめつつ、凛堂椿はアパートメント・ホテルの正面玄関をくぐった。

シャンデリアが光り輝くロビーは、今日もまた、さまざまな異国の言葉で溢れ、品のいい、抑制のきいた賑《にぎ》やかさで充ちている。ほんの二週間前、山とつめかけた新聞記者たちが、押すな押すなの大騒乱をくり広げていたことなど、まるで知らぬ風だ。

――二週間前。

住人の一人であり、〈華族探偵〉として名を馳せた北小路子爵の自首と、そこから明るみに出た一連の犯罪――卑劣なひき逃げ、それをネタに強請りを働いた波賀世之介の殺害と死体遺棄、そして、あろうことかひき逃げの犠牲者・郷田保二郎に罪を着せて殺害するという、極悪非道・悪逆卑劣な大犯罪に、日本中が上へ下への大騒ぎとなった。

が、どこぞの外交官の子息という噂もある〈謎の少年助手〉への取材を試みようと粘っていた記者たちも、一週間もすれば完全な無駄足と悟ったようだ。

要人の隠れ家として、これほど最適な場所はない。

まさに鉄壁の砦《とりで》――あるいは牢獄だ。

と、忙《せわ》しなく立ち働くボーイ長に目顔で挨拶して、椿はフロアの一番奥まった場所にあるエレベーターへと向かった。

真鍮とガラスで造作された高級感のある扉は、自動開閉装置のついた最新式のものだ。二年前に竣工《しゅんこう》された東京日本生命館と同型だと聞いている。

そして、他のホテルやデパートとの最大の違いは、運転機のハンドルを操作するエレベーター係が、従来のエレベーターボーイではなく〈昇降機《しょうこうき》ガール〉と呼ばれる妙齢の婦人、あるいは少女ということだ。

「いらっしゃいませ、ご利用の階数をどうぞ」

初々しい一礼で椿を迎えたのは、洋装の制服をまとった十代半ばの少女だった。

ヤスリで擦ったような掠《かす》れ声に、当世風に切り揃えられた黒髪。長い前髪が目元を隠しているものの、紅をひいた唇には年齢に似合わぬ艶《つや》やかさがある。

「――三階に」

「かしこまりました」

短く応じた少女が運転機のハンドルを右に回すと、ガタガタと音をたてて箱が上昇し

始めた。と、チン、と甲高い音がして、

「三階、ご到着でございます」

声にうながされて歩き出した途端、とん、と少女の肩にぶつかった。「失礼しました」と殊勝に頭を下げる少女を横目に、箱の外へと足を踏み出す。

視界には赤い絨毯敷きの廊下がのび、左右に並んだドアにはアラビア数字の部屋番号が刻まれている。が、表札の類はない。まるでホテルだ。

（しかし、だからこそこの場所は檻《おり》たりえる。それもこの世で最も居心地のいい檻に）

その檻の中で椿は二匹の獣を飼っている。正確には、亡き妹の忘れ形見であり、教育係として悪神・神野悪五郎から託された甥っ子たちを。

（やれやれ、英国への洋行をきっかけに生家を出奔したことで、本人たちは自由を勝ち取ったつもりでいるようだが――）

彼らに真の自由を勝ち取ることはできない。なぜなら檻の中で生まれた獣は、自分が檻の中に閉じこめられていることにすら気づけないからだ。

鉄格子などなくても、檻は檻として存在しえる。

来客から車の出入庫、郵便物すら管理できるこのアパートメント・ホテルは、まさに監視にうってつけだ。さすがにメイドやボーイの顔まで把握しているわけではないが、すでに総責任者やボーイ長を始めとしたスタッフの多くが、椿の手で買収されている。

彼らは奉仕者であり、牢獄の看守だ。

呼び鈴を押そうとしたその時、扉の隙間に二つ折りの紙片が挟みこまれているのに気がついた。引き抜いて開くと、右肩上がりになった万年筆の字が並んでいる。

〈すぐ戻ります。中で待っていてください〉

——荊だ。

「……おや」

(やれやれ、今夜六時の約束で呼び出したのはあの子のはずなんだが)

溜息と共にドアノブを握ると、抵抗なく開いた。

壁のスイッチ——棒状の突起を押し上げて灯りをつけると、確かに無人らしい室内は、薄暗い沈黙の中に沈んでいる。

週に一度の面会日と同じように客間へと移動すると、長椅子の一脚に腰かけた。

途端、ずきん、と頭蓋《ずがい》の内側を臼歯《きゅうし》で食《は》まれるような鈍い痛みに、ほとんど無意識のまま、指先が懐のピルケースへとのびる。

と、ふと脳裏によみがえる声があった。棘のものだ。

〈大事な方からの贈り物ですか？〉

思わず漏れかけた舌打ちをこらえ、代わりにそっと息を吐いた。鼻がきくとでも言えばいいのか、妙なところで勘が鋭いのは相変わらずだ。忌々しいほどに。

Dear Brother——親愛なる兄へ。

ピルケースの内側に彫られたその刻印は、彼らの母親が遺《のこ》したものなのだから。

ガチャ、と。

聞こえたドアノブの音に、はっと顔を上げる。

扉から現れたのは荊だった。が、その姿を目にした瞬間――呼吸が止まり、心臓が跳ねた。一瞬、本当に一瞬だけ、その姿が屍者の亡霊に見えたからだ。

血の通わない屍体のように蒼白い肌の――その腕に赤ん坊を抱くこともないまま、死の床に横たわった妹の姿に。

「……ずいぶん遅かったですね」

ようやくそれだけ言って、震える指で懐を探った。つかみ出したピルケースからカプセルの一錠を口にふくむ。水なしで嚥下《えんか》し、シャツの胸元をつかんで動悸《どうき》を抑える。

衝撃と動揺――そして不吉な予感に取り憑《つ》かれたのは、ポオの小説の一場面を思い出したせいかもしれない。

――『アッシャア家の崩壊』。

地下牢の棺からよみがえった妹マデリンが、アッシャア家最後の当主である兄ロデリックと対峙《たいじ》する場面だ。扉の向こうからやって来る亡霊――いや、死に神として。

(――馬鹿馬鹿しい)

胸の内で呟いてかぶりを振ると、知らず止めていた息を吐いた。

野茨《のいばら》――その名の通り、ひっそりと雨に打たれる白い花のようだった妹は、音楽よりも静寂を、宝石よりも書物を愛する物静かな娘として生きてきた。

兄であり、当主である椿が、悪神・神野悪五郎に差し出すことを決めるまで――後継者となる赤ん坊の出産に、その脆弱《ぜいじゃく》な体が耐えきれないことを知っていながら。

(まったく今夜はどうかしている)

胸の内で毒づいて、知らずきつく握りしめていた拳《こぶし》をほどいた。手の平に深く残った爪痕からは、薄らと血が滲んでいる。

「――幽霊でも見たような顔だね」

はっと顔を上げると、いつの間にかコートを脱いだらしい荊が、テーブルの向かいに腰を下ろしていた。前髪に雨粒らしき水滴がついているのを見ると、どうやら外出先から戻ったばかりのようだ。

「珍しいですね。出不精のアナタが、こんな雨の日に外出とは」

それも、わざわざ私を呼びつけた日に――と言外に嫌みをこめて言うと、あっさり受け流した荊は、軽く肩をすくめてみせて、

「棘には聞かせたくない話だからね。だから北小路子爵の面会に誘ってみたんだよ。僕一人だけ、はぐれたフリして帰ってきた。今頃あちこち捜し回ってるんじゃないかな」

その言葉に、おや、と椿は瞬きをした。

「となると私を呼び出したのは、内緒話をするためですか」

薄らと笑った荊の顔は、ひどく造り物じみていた。白く冷えきったその肌は、血が通っているかどうかあやしいほどだ。蠟人形――あるいは屍体のように。

「今日は、この小切手を返そうと思ってね。あの依頼状の差出人はアナタだろうから」

懐から取り出したのは、英国のロイズ銀行で発行された一枚の小切手だった。ジョン・ドゥ——一連の事件の引き金となった、匿名の依頼状のものだ。

が、それを聞いた椿の胸に驚きはなかった。一瞬、見開いた目をすぐにまた細めて、

「さて、どうして私だと？」

「この封筒を手渡す時に〈廊下にメイドかボーイの姿はありましたか？〉と棘に訊かれて、アナタは〈さあ、どうだったか〉と答えた——それで不自然だと思ってね。もしもドア下に差しこまれた封筒を見つけたら、アナタならメイドかボーイに拾わせようとするだろうから。つまりドア下にあったのは嘘で、初めからアナタの懐にあったわけだ」

「ふむ、隠し立てする必要もありませんね。差出人は私です。そろそろお灸《きゅう》をすえる頃合いかと思いまして。忠告はしたはずですよ、探偵小説の真似事はほどほどに、と」

言いながら椿は、組んだ膝の上でゆったりと指を組むと、

「実は、北小路子爵については、半年ほど前から監視をつけていたんです。アナタ方の探偵ごっこを終わらせるには、彼を社会的に破滅させるのがもっとも効率いいと思いまして。ですので溜め池に死体入りのトランク・ケースを遺棄した件についても、とっくに把握ずみでした。現場の写真もおさえましたが、ご覧になりますか？」

が、荊は大した関心もなさそうに肩をすくめて、

「半年前——というと、なにかきっかけがあったのかな？」

「買収を断られたのが直接的な理由ですね。アナタ方の身辺を監視するように依頼したのですが、のらりくらりと言い逃れしつつも、頑として引き受けなかったので。買収に応じなかったのは彼一人だけですから、危険人物として排除する必要があるだろうと」

「そう、それならどうして僕らにあんな依頼状を渡したのかな。子爵を破滅させるだけなら、新聞社への電話一本で事足りたろうに」

そう荊が訊ねると、今度は椿が肩をすくめて、

「アナタ方があの依頼状を無視するか、事件を隠蔽《いんぺい》する方向に動いた場合、共犯者に仕立て上げるつもりでした。社会的に破滅すれば、生家に戻らざるをえないだろうと」

「へえ、そんな手間をかけてまで連れ戻す価値が、僕らにあるわけか」

「ええ、アナタには」

と、やおら長椅子から腰を上げた椿が、テーブルを回って荊の前に立った。上半身をかがめて至近距離から甥っ子の顔を覗きこむと、

「——私は、アナタの教育者です」

静かな声で告げた。

真実の告白——いや、宣告として。

「私にとって御父君からの預かり物は、ずっとアナタ一人だけでした。悪神・神野悪五郎の、唯一無二の後継者として。十三人の御兄弟の中で、もっとも御父君の気質を受け継いだのはアナタでしたから——見てくればかりが似てしまった弟君とは違って」

「……そう、ぞっとしないね」

「ちなみに、御父君も同じ考えです」

それを聞いた荊の顔に動揺はなかった。

正面から椿の視線を受けとめ、身じろぎ一つせずに。鏡面のように凪《な》いだ双眸《そうぼう》に、感情による曇りを一片も映さないまま。

「なるほど、じゃあ、あれは実験だったのかな？　面会の度にアナタが淹れる紅茶は」

「ええ、アナタなら誰より早く気づくとわかってましたので」

そう、あれは確かに実験だったのだ。

週に一度の面会の度、弟である棘のカップに仕こまれた、ごく少量の砒素《ひそ》——それに気づいた荊が、どのような反応を見せるか確かめるために。

「けれど、まさかご自分を人質にとるとは夢にも思いませんでした。ご自分の命の価値を見透かした上で、あえてそれを逆手にとるとは」

毒を盛り続ければ大事な預かり物の命を脅かすことになるぞ、と威《おど》すために。たったそれだけのために、本来なら棘が口にするはずだった紅茶を一口ずつ呑み続けたのだ。

死人のように色を失った肌。

蒼白く血管の透ける、痩せ細った手足。

今、荊の体に表れている症状のほとんどが、長期にわたって少量ずつ砒素を摂取し続けたことによる慢性砒素中毒だ。初期症状は、食欲不振による体重の減少、貧血、疲労、そして。

目眩《めまい》、倦怠感《けんたい》――。

「事ここに至って、ようやく理解することができました。アナタにとって弟君は、利用すべき手駒ではなく、嘘偽りのない愛情を注ぐ存在なのだと――忌憚《きたん》なく言わせてもらえば、いささか失望しました。アレは、いずれアナタが殺すべき兄弟の一人ですから」

声に蔑《さげす》みと――いっそ憐《あわ》れみをこめて。

「アナタには五年前からわかっていたことでしょう。兄弟十三人の集った席で、御父君の口から、この先の跡目争いについて聞かされた時から。悪神・神野悪五郎の後継者として王座争いに挑めるのは、ただ一人だけ。つまり、それ以外の十二人は、生きることすら許されないのだと」

囁くように告げて、肘掛けの上に置かれた荊の手に、その手を重ねた。捕らえるように――囚《とら》えるように、押さえつける手に力をこめて。

「私は、アナタの檻であり、飼育者であり、調教師です。手元に置き、餌を与え、身の回りの世話をして――地獄の涯《はて》までも逃がすことのないように。もしも、もう一匹の殺処分が必要なら、この手で毒餌を与えるだけの話ですよ、アナタの代わりにね」

言い終えて、ゆっくりと上体を起こした。

「とはいえ、アナタが不服従の態度をあらため、今後聞き分けよくふるまうならば、弟君の処遇について御父君に進言しましょう。アナタが片割れを失わずにすむように」

荊から声は返らなかった。哀れなほど痩せ細った手で顔を覆い、痛みをこらえるように唇を噛みしめた姿は、打ち捨てられた西洋人形にも映る。

失望と――わずかな憐憫《れんびん》を覚えた椿が、そっとその姿から目をそむけた。

その瞬間だった。

――視線を感じた。

見られている、と肌で理解するほどに。暗闇にひそむ獣が今にも飛びかかろうとする瞬間の、全身の産毛がチリチリと逆立つ、あの緊張と――恐怖が。

直後に、目があった。

骨ばった指の隙間から覗く琥珀色《こはくいろ》の眼球と。

――荊が、嗤《わら》っている。

ニィ、と弧の形を描くように双眸を歪めて。片手で口元を隠し、可笑《おか》しくて可笑しくて噴き出すのをこらえるように唇を噛みしめながら。


なーんてね、と。


とっておきの悪戯をやり遂げた悪童の――生まれついての嗜虐《しぎやく》者のように。

「一体、なにを――」

知らず後ずさりした途端、懐から滑り落ちたピルケースが、カシャン、と音をたてて床を跳ねた。先ほどカプセルを一錠飲んだ際にしまい損ねてしまったのだろうか。

拾い上げようと右腕をのばして——違和感に動きが止まった。

手が震えている。

なぜ、と脳裏に疑念がよぎったその時、吸いこんだ息が喉の奥でつまった。

息ができない。

が、息苦しさは瞬く間に激痛へと変わった。突如として暴れ出した心臓が、肋骨《ろっこつ》を食い破ろうとしているかのように。

視界が大きく揺れる。立つことすらままならず、崩れるように膝をついて倒れた。

そして。

「まったくお笑い草だよ。双子の弟のために自らを人質にして毒をあおった——なんて妄説を信じこむなんてね」

頭上から聞こえた声は、怖気《おぞけ》をふるうほど淡々としていた。

口を開くことすら敵《かな》わない椿は、ただ小刻みな呼吸をくりかえしながら、声の主を仰ぐしかなかった——荊を。

「週に一度の面会の度、アナタが毒入りの紅茶を淹れるのに使ったティーセットは、実はいわくつきの品なんだよ。もとはロンドン郊外の領主館にあったもので、前の主人が鉛中毒で死んでるんだ。原因は釉薬に含まれた鉛だね——英国で鉛釉薬の使用が制限されるようになったのは大正二年になってからだ。症状は、食欲不振、胃腸の障害、そして頭痛だよ、アナタと同じように」

空が落ちてきたような衝撃があった。

そんな、まさか——と震える舌で紡ごうとした言葉が半ばで途絶える。

気づいてしまったからだ。持病の偏頭痛が悪化したのは、ここ数年——ロンドンから帰国した甥っ子たちを訪ねて、週に一度の面会に通うようになってからだと。

と、くすくす、と荊が喉を震わせて、

「釉薬の鉛は、果実に含まれる酸で溶け出すから、紅茶にレモンの薄切りを浮かべる習慣のあるアナタにはぴったりだと思ったんだよ——つまりアナタは、甥っ子たちに毒を盛るつもりで、自分自身に毒入りの紅茶を淹れ続けていたわけだ」

夢を見ているようだった。

——悪夢を。

思えば、もっと早くに気づくべきだったのだろう。そもそもの始まりの時点で。

ふだん紅茶を淹れる習慣のないこの部屋に、アンティークのティーセットが存在している時点で——それを購入したのが荊である時点で。そして、面会日を迎える度、小鉢にのったレモンが用意されていた時点で。

そして、もしも気づけなかった原因が、他にあるとすれば——。

(——まさか野茨か)

胸の内にこぼれた呟きに、自分自身で衝撃を受けた。

幼い頃から読書家だった妹。読書中に顔を合わせると、決まって一杯の紅茶をせがまれた。もともとレモンの切れ端をひたすあの飲み方も野茨に教わったものだったのだ。

それが互いに寡黙な兄妹《きょうだい》の、唯一とも呼べる語らいの場だったから。

そして、いつの間にか――自分自身でも気づかないうちに、記憶の中の妹の姿に、目の前の少年の存在を重ねてしまっていたのだ。

「そう、だから僕は毒入りの紅茶を口にし続けたんだよ。弱っていく僕の姿に、死なせてしまった妹の姿を重ねて、自分自身の体調に意識が向かなくなるように。アナタを殺したのは、アナタの中にある肉親への愛情だ――このピルケースの件も含めてね」

言いながら、荊が懐から出したそれを目にした瞬間、椿は驚きに目をみはった。

カチン、と音をたてて内蓋を開いたそれは、椿が肌身離さず持ち歩いているピルケースだった。内蓋に刻まれた「Dear Brother」の刻印まで寸分違わずに。

なのに。

今、椿の視界には二つ、、のピルケースが存在していた。荊の手にしたものと、先ほど椿が床に落としたものと――まるで鏡の中から飛び出した鏡像のように。

「床にあるそれは、この部屋に来る前に僕がすり替えた偽物なんだよ。カプセルの中身は、致死量のモルヒネだ――できればアナタには、このまま少しずつ鉛中毒を悪化させて自然な形で病死して欲しかったんだけどね。贅沢《ぜいたく》を言える余地もなくなったから、今夜この場で死んでもらうことにしたんだよ」

それは、たしかに死の宣告だった。

しかも、すでに処刑は終わっているのだ。椿がカプセルを口に含んだ時点で、この体は死んだも同然だったのだから。

(けれど、いつだ？)

弱々しく喘《あえ》ぎながら思考を巡らせる。一体、いつ懐のピルケースをすり替えたのか。この部屋に来る前に——という言葉が正しいのなら、この客室に足を踏み入れた時点で、すでに完了していたことになる。

と、もはや指一本動かせない椿を見下ろして、ふと荊が笑みを深くした。

さらり、と髪を肩に流すと、わずかに小首を傾げながら。

「——三階、ご到着でございます」

その声を聞いた瞬間、息が止まった。まさか、と舌が震える。

見上げた少年の姿が、昇降機ガールのものと重なる。ヤスリで削ったような掠れ声、まるでカツラのようにまっすぐな黒髪をした、あの少女に。

(まさか金を握らせて昇降機ガールと入れ替わったのか、制服を着て、化粧をして)

その推測が正しければ、先ほど客室に入ってきた荊の前髪に水滴がついていたのは、直前に化粧を落とした名残りだったことになる。

そうして荊は、椿がエレベーターから降りる瞬間、わずかに肩がぶつかったあの一瞬で、懐のピルケースをすり替えたのだ。

「そのピルケースを手放せなかった時点で、アナタの敗けは決まっていたんだよ。そもそもアナタが僕を後継者として生き残らせようとしたのは、僕が父親に似ていたからじゃない。死んだ妹に似ていたからだ。一族の繁栄のために肉親を犠牲にして、なのにアナタがしたことは、結局、死んだ妹の面影を追い求めることだけだったんだよ」

まったくお笑い草だね、と。

呟いたその顔は、言葉とは裏腹に、死人のごとき無表情に見えた。嘲《あざけ》りはおろか、怨《うら》みや憎しみすらなく——心の中に何も存在しない目で。

「怪物——と呼んだ北小路は、きっと僕をよく見ていたんだろうね。悪とはなにか、と考えた時、僕にとってそれは父親なんだよ。そして僕は、確かにあの男の写し身なんだ。まるで鏡に映った分身みたいに。だから、僕と父親でなにか違いがあるとすれば、それはあの子の存在なんだよ、馬鹿馬鹿しいことに」

続く声と共に視界がかすみ、意識が遠のいていくのがわかる。

もはや荊がなにを言っているのか、自分が瞼を閉じているのか開いているのか、それすらもわからない。ただ目の前にはもはや死と同義となった暗闇があって——そうして最後に椿は自分が床のピルケースへと無意識に手をのばしていることに気がついた。

まるで光にすがるように。

そして——地獄へと堕とされた。

＊

静かで、気怠《けだる》い朝だった。

窓から流れこむ風は、かすかに雨の匂いをはらんで、しかし床に四角いひだまりをえがく陽射しは、ただ白く、いっそ透明に近いようにも見える。ぼんやりと光っているだけの、色のない朝だ。

書斎――と呼ばれているその部屋は、天井まで届く本棚が並んで、溢れた本を床にうずたかく積み上げた光景は、古書店の店内にも見えた。

あるいは本の壁に囲まれた檻か、牢獄のように。が、その監視役とでも呼ぶべき存在は、もういないのだ。

――半月前。

隣の客間で、兄弟二人の伯父である凜堂椿が病死した。死因は心臓発作で、どうも兄弟の留守中に無断で上がりこんでいたらしく、出先ではぐれた荊を棘が古本屋の店先で見つけた頃、清掃のために入室したメイドによって死体が発見されることとなった。

もっとも実際の死因は、モルヒネによる中毒死であり、死亡直後には〈瞳孔《どうこう》の収縮〉という犯罪の痕跡も残っていたわけだが、立ち去り際に荊がアトロピンの点眼によって散瞳《さんどう》させたことで、警察は急病死と判断したようだ。

それ以来、静穏とも呼べる日々が続いている。たとえ、それが見せかけのものだとしても——今はただ、二人きりだ。

窓辺に置かれた長椅子。かつて双子の弟である棘が水をはった洗面器で溺死しかけたその場所に、今は兄である荊の姿があった。膝の上に一冊の洋書をのせた荊が、ほんの束の間のうたた寝から目覚めると、視界は柔らかな光で充ちていた。

そして、目の前のテーブルに落ちた人影があって——。

「どうぞ」

すっとのびた一本の腕が、テーブルの上にカップを置いた。淹れたてらしい珈琲からは、くっきりと白い湯気が立ち上っている。

いつも以上に気怠げな荊は、半ば眠っている顔で本を閉じると、カップに手をのばした。一口すすって、夢から覚めたように瞬きをすると、

「下のカフェで注文したのかな？」

「——私が淹れました」

短く応えたのは、人影の主である棘だった。

どさっと向かいの長椅子に腰を下ろすと、自分の分の珈琲を一口すすって、

「香りも、味も、階下のカフェとまるで同じでしょう——これが、私があの店に入り浸っていた理由なんですよ。技術を目で盗もうと連日カウンターに陣取っていたら、根負けしたマスターが色々と教えてくれまして。そろそろ器具を調達しようと思っていた矢

先にあんな騒動があって閉口しましたがね」

「なるほどね、カフェまでお使いに行かされるのが、それだけ嫌だったってことかな」

からかう調子で荊が応じる。

が、ひょいっと片眉を上げた棘は、さも当然のような口ぶりで、

「アナタは、紅茶でも珈琲でも、他人の淹れた飲み物を口にするのが、本当は嫌なんだろうと思いまして――なので、これからは私が淹れます」

――何も知らずに。

何一つ知らないまま、そう言った。

不意をつかれて沈黙した荊は、ほんの一瞬だけ目を伏せると、

「うん、そうだね」

どこか茫然とした面持ちで呟いた。自分がどこにいるかわからなくなった迷子のような表情で。

――実はそうなんだ、と。

「ああ、それと、これを飲み終えたら、久しぶりに二人で外出しましょう。探偵事務所にぴったりのビルを見つけたので」

さも当然のように口にされた言葉に、荊は片眉を上げて棘を見た。が、素知らぬ顔でカップを傾けた棘は、ひと息に半分ほど胃に流しこんで、

「そろそろ自分たちの事務所をかまえても不自然ではない年齢でしょうから、とりあえ

ず私の名義で仮契約してきました。場所と建物を決めさせてもらえるなら、中身の改装や調度品の選別はアナタにお任せしますよ」

珍しく——本当に珍しく、素直に驚いている様子の荊が、ぱちり、と瞬きをした。

「……てっきりお前は、探偵をやめるつもりだと思ってたけど」

今度は棘が片眉を上げげた。意外そうに。

そのまま一息に飲み干したカップをソーサーに戻すと、何を今さら、と言わんばかりに肩をすくめて、

「探偵をやろう、と言い出したのはアナタでしょうに。探偵と助手ならずっと二人でいられるから、と——ずいぶん幼い頃の話ですが、アナタが嘘偽りなく本心を口にしたのはあれぐらいだと思うので」

沈黙が落ちた。そして荊は、眩《まぶ》しい光でも見たように瞬きをすると、ふっとこらえきれないように笑いながら、

「——いい子だね、お前は」

その言葉にだけは、一片の嘘もなかった。

これまでも——そして、これからも。

かつて二人で生まれて、二人で生きてきた——言葉にすれば、ただそれだけだ。滑稽で、無価値で、馬鹿馬鹿しくて、けれど、それ以上のなにかを知らない。

だから——ただ、死なせたくなかった。

——きっとそれは祈りですらない。

幸せになって欲しい、と真っ当に願うことすらできないまま、ただ、これだけは失えない、と手の中に握りしめて、呪いのような我が儘をくり返し続けている。

——ただ、それだけだ。

＊

——夢を見た。

はるか遠い昭和の昔に起こった出来事の。

そして今。

年号は昭和から平成、ついには令和へと至り、この手で殺すことを誓った父親——悪神・神野悪五郎もまた、すでにこの世から姿を消している。その代わりのように、左右の目を酸で失った荊の顔には、肌のひきつれた火傷《やけど》の痕が残っていた。

いや、違う。この目は鵜ノ木真生《うのきまお》という一人の少女が残した呪いだ。結局、何もかもが無駄に終わった、荊自身の半生を嘲笑うかのように。

そして——目が覚めると夜だった。

瞼を開けてゆっくり瞬きをすると、ソファの上に横たわった荊の目に、一面に雨の線が引かれたガラス窓が飛びこんできた。物憂げな雨音に支配された室内は、いつになく昼夜の区別をつけづらい。

十五階建てのマンション最上階の一室。2LDK。グレーを基調とした室内は、一見、デザイナーがしつらえたモデルルームのようで生活臭をほとんど感じさせない。

が、窓辺にそびえたつキャットタワーや、あちこちに転がった猫用オモチャ、そして左手の壁半分を占めるウォールミラーに映りこんだ全自動の猫用トイレが、異物と呼ぶにはあまりに堂々とした態度でもってこの部屋の占有権を主張していた。

正真正銘の愛猫家——小野篁《おののたかむら》の住まいだ。

が、肝心の飼い猫であるノア——かつて獄舎と呼ばれた廃病院から篁のもとに引きとられた黒猫——の姿は、室内のどこにも見当たらなかった。

おそらくペットホテルに預けたのだろう。つまり部屋を数日空ける準備をする余裕もないほどの突発事態が飼い主を襲ったということだ。

しかし、つい先日起こった事件——不破《ふわ》刑事の死を皮切りにした一連の事件を解決してから、すでに三日が経過している。事件の事後処理に追われていると考えるには、いささか時間が経ちすぎではないだろうか。

その理由を探るために、荊はこの場所にいるわけなのだが——。

「おや、いらっしゃったんですか」

突然、頭上から聞こえた声に顔を上げると、ソファの背に軽く腰かけて荊の顔を覗きこんだ篁の姿があった。

三つ揃いのスーツに足首丈のナポレオンコート。黒色の眼帯は、荊に視力を貸し出している右目を隠すためのものだ。

と、荊を見下ろすその目に、苦笑によく似た表情を浮かべて、

「無断で上がりこんで仮眠をとっているように見えますが、御用件をうかがっても？」

「左目がこんなザマになってから事務所にいづらくてね。弟の視線が鬱陶《うっとう》しいんだよ」

「お気の毒に。よろしければ眼帯をお貸ししましょうか。私とお揃いになりますが」

「……それもぞっとしないね」

軽く首をふって荊が笑った。つまらなそうに。

今、義眼をはめた左目には、瞳孔を真っ二つにするようにナイフの傷跡が走っている。死体を演じるため、自らナイフを突き立てた痕だ。

その目を見下ろした篁が、ふとなにかを思い出した顔をして、

「さて、棘様といえば、どうも不破刑事が最後に追っていた強盗殺人事件の犯人が捕まったようですね。噂によると、匿名の通報が決め手だったと」

「そう、きっとあの子だろうね。本人に訊いても否定するだろうけど」

死者への手向け――と呼ぶことは棘自身もしないだろう。きっと〈くだらない感傷〉という一言で片づけるはずだ。たとえこの先も形見のライターを手放せなくても。

と、ふと顎の先を持ち上げた荊が、前髪の下から透かし見るように篁を見た。「とこ

ろで」と切り出すと、肌の下の血や骨まで見透かすような目をして、

「——吾川朋《あがわとも》の生首が消えたよ」

出し抜けなその言葉に、篁の目が波打つ水面のように揺れた。驚いたのだ。

——吾川朋。

一連の事件において〈最上芽生〉という黒幕の指示で動いていた敵の一人だ。元雑誌記者である彼女は、最上芽生からの〈人生をやり直す権利〉という報酬を餌に犯行に加担していたらしい。

そして、地下室に仕掛けられた爆弾と、双子の弟である棘を人質にして——同じように人質をとられたらしい皓と荊を殺し合わせようとしたのだが、当然のように失敗した挙げ句、荊の召喚した妖怪《ようかい》によって地獄へ堕とされるはめになった。

——釣瓶《つるべ》下ろし。

夜にカヤノキや松の大木の下を通ると、落ちてきた釣瓶によって木の上に引っ張り上げられて食べられてしまう——という言い伝えのある妖怪だ。

——夜業すんだか、釣瓶下ろそか、ぎいぎい。

玄関から走り出た矢先、そんな唄《うた》と共に釣瓶下ろしに捕まった吾川は、食べ残しである頭部を残してこの世から消え去った。が、確かに地面に落下したはずの生首もまた、跡形もなく消えてしまったのだ。

「調べてみたら、玄関横のインターフォンが録画機能つきでね。しかもチャイムを押さ

なくても人感センサーで一定時間録画される仕組みだったんだよ。吾川が死んだのは玄関から走り出た直後だから、念のため確認してみたら――」

案の定、玄関から走り出た吾川が釣瓶下ろしの手で樹上へと引っ張り上げられる様子が映っていた。その後、食べ残しである生首が、ごろん、と地面に転がり、それを拾い上げて立ち去る人物の姿も映っていたのだが――。

「その人物について話があってね。それと、この三日間なにをしてたのか、ついでに聞かせてもらえるかな」

それを聞いた篁の顔に驚きはなかった。

呆《あき》れとも感心ともつかない顔で苦笑すると、一瞬、考えこむように目を伏せて、

「わかりました。包み隠さずお話ししましょう。ちょうど私もアナタとお話ししておきたいことがあったので」

「……嫌な予感しかしないね」

「忠告ですよ、悪友としての。アナタには年寄りの小言かもしれませんが」

そう言って移動すると、向かいのソファに腰を下ろした。

と、しぶしぶ体を起こした荊がソファに座り直すのを待って、

「アナタは、今もまだ棘様の前から姿をくらますおつもりですか？」

問われた荊の瞳が揺れた。驚いたように。

が、ふっと息を吐くように笑うと、

「そうしない理由もないからね」

「さて、相手を助けるために生き地獄に堕としてもいいと考えるなら、それはアナタの甘えだと思いますよ。思いやりや慈しみと呼ぶには独善がすぎます」

——地獄の道連れにするのと同じですよ、と。

その言葉に、ふと目を細めた荊が一度だけ小さく首をふった。

肯定でもなければ、否定でもない、そんな仕草で。

「二度と死なせないことに決めた——なんて宣言されたからね。それで、なおさらあの子の前で死ねなくなったんだよ。だったら今のうちに姿をくらませるしかない」

そして続けた。たった一言だけ。

——だってもう死んでるんだから、と。

# 第三怪　青行灯あるいは百物語

この世には、怪を語る鬼もいるのかもしれない。

＊

それは秋の終わりの出来事だった。

霧のたちこめる湿原——かつて獄舎と呼ばれた廃病院から生還して後のこと。

音もなく忍び寄る不穏な気配を感じつつも、やがて不破刑事の首なし死体が発見されることになるとは夢にも思わず、束の間の休息にひたっていたあの頃、魔王ぬらりひょんから、不意の〈頼まれ事〉が舞いこんだ。

一通の封筒から始まった、百物語と——呪いの記憶だ。

＊

書斎の窓から外を見ると、雨に潤んだ宵闇があった。

月も星もなく、気怠《けだる》げな夜闇に塗りこめられた窓は、斜交《はすか》いに雨の筋が糸を引いて、ひんやりと水気をたたえた空気は、ここ数日の天候を反映したように重い。

――秋の長雨だ。

「ふふふ、せっかくなら月見酒といきたいところですが、雨夜の月というのも風情がありますねえ」

と言った皓少年の前には、冷や酒の注がれた片口徳利《とっくり》と酒肴《しゅこう》のおでん、そして青児の持ち寄った瓶ビールと焼き鳥がテーブルの上に並んでいる。ずばり深夜に紅子《べにこ》さんの目を盗んでのヤケ酒会だ。

ちなみに青児の焼き鳥は、しょせんスーパーの総菜コーナーで調達した品なのだが、温め方にちょっとしたコツがあって、フライパンにアルミホイルを敷き、料理酒をふりかけて、ふっくら仕上げた元バイト先秘伝の技である。

「ふふ、言われてみると肉質がやわらかい気がしますね」

「いやまあ、どっちかって言うと紅子さんに隠れて台所に侵入する方が大変で……って、うっま！　なんですか、このおでん！」

箸《はし》で二つに割った卵は、しっかり中まで味がしみこんで、じわっと出汁《だし》に溶けだした黄身まで味わいつくしたくなる逸品だった。

うっわ、これ白いご飯にのせると絶対うまいヤツだ。

「ふふふ、実は夜食として紅子さんにお願いしまして」

「え、ちょ、ま、紅子さんに飲み会のことがバレたらアルコールを没収されるんじゃ」

「さて、せっかくのヤケ酒ですから味も存分に愉《たの》しみたいなと」

「……ですか。皓さん、大変でしたもんね」

「ですね、青児さんも」

せめてもの労《ねぎら》いの気持ちにつくねの串《くし》を一本献上すると、「ふふふ」とひときわ不気味な笑い声と共に、わしゃっわしゃっと頭を撫《な》でられてしまった。ちまちまと器用な箸遣いで串を外し、ぱくっと一つ頰ばって、また思い出したように、ふふふ。

……実は酔ってます？

（けど、どうしたって心配なんだよな）

あの悪夢のような獄舎からなんとか二人で生還して、この先も皓少年に無事でいてもらうためにはどうすればいいか――とか、青児自身の悩みももちろんあるけれど。

（篁さんのことも、なんにも解決してないままなんだよな）

獄舎で聞いた言葉が脳裏に浮かぶ。

〈けれど、僕にはそれができなかったんですね――もしも殺人の実行犯役であるその誰かが、篁さんや荊さんと裏でつながっていたら、という疑いを捨てきれなくて〉

結局、それは思い過ごしだったのだけれど、今も皓少年の中に篁さんに対する不信の火がくすぶっているのは間違いない。なにせ九ヶ月間も消息不明で――確かに一度裏切った相手がひょいっと姿を現したのだから、信じろ、という方が無理な話だろう。けれど。

（誰かを疑い続けるっていうのも、きっとツラいんだろうな）

　では、住みこみの助手兼ペ――居候の青児にできることと言えば、少しでも皓少年の気持ちが軽くなることを祈って、今夜のようなヤケ酒会を提案するぐらいだ。

　と、なにやら察するところがあったらしい皓少年が、ふふふ、と笑って、

「なんにせよ、今はヤケ酒を楽しむのが肝心ですね」

「……もう一本どうぞ」

「ふふふ、じゃあ、つくねをもらいましょうか」

　おお、お気に召したようだ。

「ああ、それと――」

　と言った皓少年の手には、愛用のスマホがあった。カメラ撮影をするようだ。

「あれ？　スマホで写真撮るんですか？」

「ええ、まあ、こんな時でないと、なかなか撮る機会もありませんし」

「基本、外食ゼロですもんね。あ、よかったらカメラは俺が――」

　いや、ちょっと待った。

　今、皓少年のスマホ画面にペット撮影用のカメラアプリがチラッと見えたのは気のせいだろうか。それもSNS投稿機能がついている感じの。

「……もしもし、皓さん」

「はい、なんでしょう」

「あの、まさかSNSでバズってるペット写真に憧《あこが》れてたりしませんよね？」

「いえいえ、そんな……ふふふふふふ」

笑って誤魔化《ごまか》した！

いよいよ身の危険を察した青児が、ハサミをふりあげて決死の抵抗をするザリガニよろしく、ぼんじりの串を手に威嚇していると、

「宴もたけなわのところ失礼します」

ガチャ、と開いた書斎の扉から、まさかの紅子さんが現れた。肩に薄手のショールを羽織っている他は、昼間とおなじ朱と黒の和装メイド姿だ。

まず逃走や言い訳をすべき場面なのだろうが、青児としてはそれどころではなかった。とっさに証拠隠滅をはかって口に押しこんだぼんじりが、見事に喉《のど》につまったからだ。

「よろしければハイムリック法で応急処置しますが」

「いえ、げほっ……大丈っ……ごほっ、です」

「危うく青児さんの死因がぼんじりになるところでしたねえ」

背中を叩こうとする皓少年に、これ以上の情けは無用、と手ぶりで伝えてグラスをつかむ。残ったビールで喉の通りをよくしようとしたものの、いつの間にか水のグラスとすりかわっていた上に、ついでに酒瓶の残りも没収されてしまった。ジーザス。

が、どうも紅子さん乱入のわけは、アルコールの没収ではなかったようで。

「実はお二人に残念なお知らせがありまして」

「え、な、何ですか？」

「先ほど魔王ぬらりひょん様から急ぎの使いが――」

ヒッ、と思わず悲鳴を上げてしまった。ほとんど条件反射だ。

「や、けど玄関からチャイムの音とかしなかったですよね」

「夜分遅くに来客があった場合、皓様の睡眠の妨げにならぬよう、チャイムの音が鳴る前に出迎えることにしてますので」

「あの、それって具体的にどうやって」

「女の勘です」

「…………」

「冗談です」

どこからですか！

という心の叫びを呑《の》みこんだ青児に、紅子さんがすっと一通の和封筒を取り出した。

目に飛びこんできたのは、もはや見なれた落款《らっかん》だ。老が――魔王ぬらりひょん。

と、恐ろしいほどの真顔で受け取った皓少年は、さっと中の書面に目を通すと、とびっきりの笑顔でニッコリ笑って、

「次は葬式で会いましょう、と伝えてください」

「かしこまりました」

「皓さん皓さん皓さん！　いやあの紅子さんも！　まだ早まらない方が！」

というわけで、ひとまず来世ザリガニになるよう呪う方針で落ち着いたものの、では

一体どんな頼み事かといえば、「明日の夜、魔王ぬらりひょんの代役として百物語怪談会に出席して欲しい」という話だった。

そして、わざわざ皓少年を代役に立てた、その理由はというと――。

「どうも無性に嫌な予感がするそうで、万が一なにか事件が起きた場合にそなえて探偵役として参加して欲しい、と」

「い？」

「そんな曖昧《あいまい》な理由で押しつけられる側としてはたまったもんじゃないですが、前例がある以上、無視できないのも厄介ですね」

「……ですよね」

思えば七月に起きた金魚楼《きんぎょろう》の事件も〈そろそろ次の犠牲者が出そうだ〉という魔王ぬらりひょんの一言から始まっているのだ。結果として殺人を阻止できたことを考えれば、今回もまた引き受けるべきなのだろう。

とはいえ、百物語怪談会となると――。

「えっと、たしかオールナイトの怪談マラソンでしたっけ？」

「ふふ、あながち間違いでもないですね。百物語は、百物語怪談会の略称で、夜を徹して百話の怪談を語りあう伝統的なスタイルの怪談会の一つです。起源については諸説ありますが、武家の子息の肝試し――精神鍛錬の一環とも伝えられますね」

なるほど、たしかに怪談を連続百話となると、嫌でも度胸がつきそうだ。ビビリを克服する前に、目を開けたまま失神するスキルが身につきそうだけれど。

「ふふふ、いわば怪異の追体験ですから、精神的トレーニングにはうってつけなんですね。しかし時代が下るにつれ、一夜の無聊《ぶりょう》をなぐさめる都会の文化人たちの集い――粋人の座興として世間に浸透していきます」

　そして、と続けた皓少年が、まるで唄《うた》うように。

「百物語には法式あり、月くらき夜、行燈に火を点し、ひとつの物語に灯心一筋づつ引とりぬれば――というのは、寛文《かんぶん》六年に刊行された『御《お》伽婢子《とぎぼうこ》』の一節ですが、百物語には伝統的なルールがあって、基本的には青い紙を張った行灯《あんどん》に百本の灯心を点《とも》して、一話語り終えるごとに一本ずつ吹き消していくんですね。そして、いよいよ百話目を語り終え、灯《あか》り一つない真の闇が訪れた時に――」

　そこでふっと言葉を切って、皓少年が薄く笑った。

　白牡丹《はくぼたん》よりも色のないその貌《かお》を、雨夜の闇にぼうっと滲《にじ》ませて。

「昏夜《こんや》に鬼を語る事なかれ、鬼を語れば怪至る――つまり怪異が発生するわけです。いわば百物語は百話の怪談によって怪異を出現させる一夜一座の儀式でもあるんですね」

　……こっっっわ！

「え、ちょ、怪異って、まさか本当に幽霊とか出――」

「ふふふ、どうでしょうねえ。あとは見てのお楽しみ、といったところですね」

　微笑む皓少年の手には、封筒に同封されていたらしい名刺大の紙片があった。どうやら会場の所在地や地図を印刷したもののようだ。

――古書・白翁堂《はくおうどう》。

そして、紙片の端を唇に押し当てた皓少年は、ふっと溜息《ためいき》を吐くように苦笑して、

「では、はなはだ不本意ではありますが――いざ、怪談語りとまいりましょうか」

＊

仄暗《ほのぐら》い霧雨に呑まれるように日が暮れていく。

出発時刻の午後六時にもなると、辺りはすっかり夜の気配だ。行き先は東京郊外。運転手は安全安心の紅子さん。ローバーミニの後部座席に皓少年と二人、片道一時間の道行きである。さて、気になるのは、やはり目的地の古書店のことで――。

「えっと、昨日ネットで調べたんですけど、会場の白翁堂って――あふっ」

い、いかん。ついあくびが出てしまった。

「おや、お疲れですね。目の下に隈《くま》ができているように見えますけど」

「え、や、その、怪談会の準備が思いの外精神的にハードだったというか……うっかり悪夢を見そうで寝れなかったというか」

「おやおや、大変でしたね。はて、しかし準備というと？」

「い、いや、ただの野暮用というか、ちょっと寝不足なだけなので、その」

正直、寝不足のせいで頭がぼんやりしているものの、体調面ではまったく問題ない。なので、ここは一つ皓少年にならって、コホン、と咳払《せきばら》いで誤魔化すと、

「ええと、それより、会場の白翁堂って昭和初めの創業なんですね」

「ええ、そうです。今の店主は四代目ですね。創業者の景山千影《かげやまちかげ》は、明治生まれの財豪で、引退後の最晩年を、怪談の研究——古今東西の怪異談の収集に捧《ささ》げたそうです。結果、津々浦々に集められた膨大な蔵書を古書市場に還元するため、別邸を古書店として改築したのが〈白翁堂〉だそうで」

プラモの蒐集《しゅうしゅう》にはまって中古ショップを開く感じか……いや絶対違うだろうけど。

「ふふ、ちょうど明治末から大正にかけて、泉鏡花《いずみきょうか》を始めとした文人墨客による怪談ブームが起こりましたから、時代の流れとも言えますね」

「それが四代も続くのがスゴイっていうか、やっぱり代々似た感じなんですかね」

「さて、二代目でさらに偏屈さに拍車がかかったようで、町中にあった店を山すそに移築してますね。もとは本邸のあった場所だそうですが、今では山中の一つ宿ならぬ、山中の一つ店に」

「えっと、わざわざ不便な場所に引っ越したってことですか？」

「ええ、冷やかしや一見《いちげん》の客が来るのを避けたかったようですね。どうも歯医者や皮膚科への通院も拒否するほど、人嫌いの変わり者だったようで」

なるほど、コンビニ感覚で立ち読みした日には生きて帰れなそうだ。

「三代目は、そんな二代目と反目して出奔した後、他家に婿入りしてますね。が、二十一年前に早逝して、残された兄妹《きょうだい》のうち、当時七歳だった兄の方が白翁堂に引きとられて、二代目と養子縁組しています。景山静流《しずる》――白翁堂の四代目です」

「えっと、じゃあ今は、その静流さんっていう人が店主なんですか？」

「ええ、三年前に二代目が肺炎で他界して、その跡を継いだ形ですね」

「さ、さすがくわしいですね」

感心していると、ふふふ、と不吉に笑った皓少年が、「さて、こんなものもありますよ」と信玄袋の中から一冊の本を取り出した。装丁の禍々《まがまが》しさからして、どうやら怪談本のようだ。い、嫌な予感しかしない。

「えーと、題名は〈白翁堂鬼談集〉ですか。著者は……え？」

景山静流、とあった。

「え、てことは、四代目は怪談作家なんですか？」

「ええ、出版デビューは十代の頃ですね。ベストセラーからはほど遠い少部数発行ですが、マニアの間では半ば都市伝説化しているようで」

「というと？」

「一晩で読みきると金縛りにあうとか、部屋の中に黒い人影が現れるとか……読んでみた印象としては、そうしてあてられるのもわからなくはないですね。筆運びが巧みというよりも、描写が生々しすぎるんですよ。噂だと、ほとんどが著者の実体験とか」

こっっわ！

ドン引きした青児がドアの内側にはりつくように距離をとると、「おや怖がらせてしまいましたか」と白々しくうそぶいた皓少年が、いそいそと信玄袋にしまって、

「しかし、どうも二年前から休筆しているそうで、今、その理由を調べてもらってるんですが……おや、早速ですね」

甲高い電子音が鳴った。信玄袋の中だ。

今度はスマホをとりだした少年が、新着メールを開いて「なるほど」と独りごちる。どうやら調べ物の成果が届いたようなのだが――。

「えっと、てっきり今回も紅子さん調べかと思ったんですが」

「さて、さすがに昨日の今日だと、紅子さんに徹夜させてしまいますからね。蛇の道は蛇ということで、その道のプロにお願いすることにしました」

「え、それって誰――」

訊《たず》ねようとしたその時、ガタン、と車体がはねた。

はっと車窓を見ると、いつの間にか辺りの家並みがまばらになって、つづら折りの坂道にさしかかっている。ゆるやかに蛇行する一本道には街路灯もなく、その先は山の裾《すそ》野《の》へと続いているようだ。

「よ、予想以上に山……ていうか、こんな立地だと狸とか狐しか来ないような気が」

「ふふ、一昔前までは目録販売、最近ではネット経由での注文が売り上げのほとんどを

占めているそうなので、立地的には問題ないようです」

と、ついっと皓少年の指が持ち上がる。

蛇のようにうねる坂道の先——果ての暗がりを指し示して、

「ほら、あの店ですよ」

その店は、山を背負って立っていた。坂道の行き止まりに灯り一つ。背後に鬱蒼《うっそう》と木々の生い茂るその場所は、そこだけ夜が深まっているようにも見える。

ぼうっと霧雨に潤んだ店の灯りは、まるで幻燈《げんとう》のようだ。

「これまた風情がありますねえ」

「うわー、見るからに昭和レトロな」

現れた建物は、大正や昭和の写真から抜け出してきたような造りだった。鉄筋コンクリート造の二階建てビル——のように見える。

正面にはガラスのはまった格子戸が並んで、外壁全体が古びた十円玉に似た青緑色をしている。中央に掲げられた木彫りの看板には時代がかった右書きの横文字があった。

——古書・白翁堂。

「十円玉カラーですけど、お釣りで渡されたら地味に困る色あいですよね」

「ふふふ、銅の酸化による緑青ですね。関東大震災の復興期に流行した〈看板建築〉で、耐火性の高い銅やモルタルを使用したファサードが特徴です。一見、鉄筋ビル風に見えますが、実際は木造ですね」

なるほど、なんちゃってビルなわけか。

さて、運転手をつとめてくれた紅子さんとは、ひとまずここでお別れとのことで。

「どうかお二人とも気をつけて」

「はい、紅子さんも。おやすみなさい」

というお約束のやりとりを経て、皓少年と二人、改めて古書店と向きなおった。

「さて、怪談会は午後九時開始だそうですから、まだ一時間半ほど余裕がありますね」

「えっと、会場はこの古書店なんですよね？」

「正確には店の裏手にある離れですね。ただ、集合場所は店内だそうですので、中で待たせてもらいましょう」

言うが早いか、ガタピシうるさい木枠の引き戸を引き開けた皓少年が、するっと猫のように体を滑りこませた。慌てて青児も後に続く。

日よけらしい白無地のカーテンをさっとめくると、

「わ」

途端、圧倒されるほどの本の群れが目に飛びこんできた。

「まさに魔窟《まくつ》ですねえ」

という皓少年の言葉通り、広々とした土間になった売り場には、壁という壁に書棚が並んで、夥《おびただ》しい数の背表紙が列をなしている。売り場の中央——天井から吊《つ》り下がったガス灯風の灯りの下にも、子供の背丈ほどの書棚が背中あわせに並んでいた。

──書物の巣窟だ。

「なるほど、たしかに書痴と呼ばれる類《たぐい》の好事家か研究者向けの品揃えですね。おそらく学術的な貴重書は書庫で保管されているんでしょうが、ざっと見ただけでも、市井の古本屋では滅多にお目にかからない奇書珍本揃いです」

「けど、見事に誰もいないですね……あ、俺、ちょっと奥まで見てきます」

ひとこと断って小走りに書棚の奥へと進む。

小上がりというのか、奥には一段高くなった座敷があって、テレビの時代劇で番頭さんが帳面をめくってそうな帳場机と、それを囲む格子があった。が、見事に空っぽだ。

(たぶんあの場所がレジ代わりって考えると、店番もいないってことか。いや、普通の古本屋がどうなってるかいまいち不明だけど)

キョトキョト辺りを見回していると、奥の引き戸から一人の男性が現れた。

(うわ、でかっ)

パッと見そう思ったものの、よく見ると身長も年齢も棘と同じぐらいだ。が、外見だけならスカした貴公子然とした棘と違って、薄い顎《あご》ひげの似あう肩幅のがっしりしたスポーツマンタイプのせいで、よけい威圧的に感じる。

──と。

青児に気づいたらしい男性が、ぎょっとした顔で足を止めた。頭の天辺《てっぺん》からつま先までまじまじと青児を見ると、不審げに眉《まゆ》をひそめて、

「……泥棒、じゃないよな？」

そらきたやっぱり！

「い、いえあの、怪しい者ではなくてですね！　今夜ここで開かれる怪談会の――」

オタオタと青児が弁明していると、騒ぎを聞きつけたらしい皓少年が「おやおや」と背後からひょこっと姿を見せた。男性に向かってぺこっとお辞儀をすると、

「初めまして、今夜の怪談会に代理人として出席させていただく西條皓です。怪談師の芹沢猛《せりざわたける》さんとお見受けしますが」

「あ、ああ、代理――というと、まさか夜船《よふね》老の？」

「おや、わかりますか？」

「そうだな、顔つきというか、雰囲気というか、どことなく似ていて」

ピキ、と皓少年がにっこり笑顔のまま固まった。地雷を踏んだようだ。

「実は昨夜、祖父が餅を喉につまらせて亡くなりまして、代わりに僕が――」

「皓さん皓さん！　気持ちはわかりますけど、勢いで身内を殺すのはちょっと！」

「すみません、似ていると言われてついうっかり本音が」

ちなみに昨夜聞いた話では〈夜船〉というのは魔王ぬらりひょんの通名で、皓少年とは、祖父と孫という設定だそうだ。

お洒落《しゃれ》な苗字《みょうじ》だな、と感心したものの、なんと〈ぼた餅《もち》〉の別名だそうで、相当な甘党なのは間違いない。そして基本的なところはツッコんだら負けだ。

と、コホン、と皓少年が咳払いをして、

「失礼しました。何にせよ、孫として祖父の尻拭《しりぬぐ》いをさせてもらえればと」

「ああ、確かに夜船老からは、昨夜のうちに出席辞退のメールを受け取ってる。ただ、欠席の理由についてはなにも書かれてなかったんだが」

「ふふ、実はギックリ腰をやってしまいまして。ところで、祖父からメールがあったということですが、主催者は景山静流さんでは？」

「いや、実は静流とは小学生の頃からの幼馴染《おさななじ》みで、そのよしみで会場の準備や参加メンバーの選定を一任されてるんだ。今夜の怪談会の開催について静流からメールがあったのは二ヶ月前なんだが、翌日には夜船老に声をかけさせてもらって——」

「おや、芹沢さんが？」

「ああ、そうだ。夜船老は先代の頃からこの店一番の話し上手で、引退したプロの噺家《はなしか》じゃないかって疑ってたぐらいなんだ。だから欠席の連絡が本当に残念で——ただメールでは、代理人としてしかるべき人物を寄越《よこ》すという話だったんだが」

「ふふ、その代理人が僕ですね」

途端、芹沢氏の顔にあからさまな落胆が広がった。ガリガリと首の後ろをかくと「あてが外れたな」と溜息と共に吐き出して、

「悪いが、タクシー代はこちらで払うから二人とも帰ってくれ。いくら保護者の同意があっても、オールナイトのイベントに未成年を参加させられるわけがないだろ」

「お叱りごもっとも――と言いたいところですが、こう見えて成人ずみでして」

うむ、人間年齢に換算すれば、余裕のオーバー古希《こき》だ。

が、それを聞いた芹沢氏は。

「いや、どう見ても中学生だろう、身長的に」

「…………」

「…………」

「さて、帰りましょうか、青児さん」

「……で、ですね。あの、気持ちはお察しします、はい」

とはいえ。

（主催者側に参加をお断りされたら、これ以上、居座る権利も義理もないんだよな）

そもそも青児たちは、魔王ぬらりひょんの代理人というだけの、完全な部外者だ。探偵として依頼されているならまだしも、ただ〈無性に嫌な予感がする〉というだけで、事件が起きると決まったわけでもない。

というわけで。

「芹沢さんが、午後九時の予約でタクシーを呼んでくれたそうなので、それまで店内を見て回りましょうか」

「あ、はい、了解です……って、今スマホ鳴りました？」

皓少年の信玄袋だ。どうやらメールの着信音だったようで、引っ張り出したスマホの液晶画面には、差出人の名前が表示されている。

――鳥辺野《とりべの》佐織《さおり》。

「あ、なるほど、〈その筋のプロ〉って鳥辺野さんのことだったんですね」

「ええ、ライターとして怪談本を出版したり、オカルト専門誌の編集にも携わってる鳥辺野さんなら、白翁堂についてもくわしいんじゃないかと思いまして」

まさに蛇の道は蛇、餅は餅屋――怪談のことなら怪談ライターだ。

「さて、その鳥辺野さんによると、怪談作家だった四代目が休筆したのは、この事件が原因だったようですね」

言いつつ皓少年の手が、スマホの画面にメールの添付ファイルを表示した。

文書ファイルの冒頭を飾った新聞記事は、見出しに〈心霊スポットで遺体発見〉とある。事件発生は二年前。現場となった場所は、東京近郊の廃ホテルだ。

もとは格安料金がウリのラブホテルだったそうだが、二十一年前、死者二人、重軽傷者八人という被害を出した火災によって廃業している。

死亡者の氏名・性別は遺族の意向によって非公表だそうだが、にもかかわらずインターネット上では、若い男女の幽霊が出る心霊スポットとして紹介されているらしい。

肝試し目的の不法侵入が後を絶《た》たず、とくに事件の起こった二年前には、改造車を乗り回す半グレグループの溜まり場と化していて、周りの住民から不安視する声が上がっていたようだ……もはや幽霊どころではない正真正銘のホラースポットだ。

「亡くなったのは、小桜結花《こざくらゆいか》さん。当時二十四歳。四代目店主の静流さんとは二歳違いの兄妹で、学生時代から交際していた芹沢さんとの結婚を翌年に控えていたそうです。事件当時、深夜に一人で廃墟《はいきょ》を訪れた結花さんは、複数の少年たちから恐喝目的の暴行を受けて亡くなっています」

記事によると、直接的な死因は〈急性硬膜下血腫《けっしゅ》〉だそうだが、殴《なぐ》る蹴《け》るの暴行を受けた遺体は、全身から皮下出血の痕《あと》が確認されたらしい。

たった一人きりで取り囲まれて、誰にも助けを呼べずに——その痛みやつらさを想像すると、なんとも言えない重いものが胸につかえる気がする。

「事件直後、とあるニュース番組でコメンテーターの一人が〈深夜に女性一人で肝試しに行った被害女性の自業自得ではないか〉といった趣旨の発言をして物議をかもしていますね。この発言が賛否両論を呼んで、一時期、ニュースサイトのコメント欄が炎上する騒ぎになったようです。〈自業自得〉や〈危機意識ゼロ〉などと結花さんの非をあげつらう声も多かったようで」

「なんとなく目に浮かぶというか……遺族からするとツライものがありますね」

とはいえ、不幸中の幸いと呼べる出来事もあったようだ。

「婚約者である芹沢さんは、事件直後からテレビや新聞、ネットの配信番組に積極的に出演して、生前の結花さんの人柄を世間に伝えながら、加害者の厳罰を望む声を上げていたそうです。その後、芹沢さんの呼びかけをきっかけに新たな目撃証言が寄せられ、結果として少年たちの主張をくつがえす形で、主犯格の少年には無期懲役、共謀した少年たちにも懲役五年以上十年以下の不定期刑の判決が下っています」

「えっと、芹沢さんの頑張りが報われたってことなんでしょうか？」

「ええ、そうですね。事件をきっかけに知名度の上がった芹沢さんは、今もってマスコミにひっぱりだこな状態だそうですよ。怪談イベントやラジオ番組に出演多数、最近では怪談師としてCS放送のテレビ番組へのレギュラー出演が決まったとか——」

「おお、いまいちピンとこないんですが、なんかスゴイ感じが……あの、ところで怪談師ってなんですか？」

「ふふふ、一昔前までは怪談噺を専門にした落語家を指しましたが、今では怪談イベントやネットラジオなどで、怪談を〈語る〉ことを仕事にした語り手のことですね。語る内容も、落語の演目ではなく実話怪談になります」

「えっと、実話怪談っていうと、つまり本当にあった怖い話ですか？」

「ええ、そうですね。実話とうたっている以上、実際に怖い体験をした、あるいはその体験談を伝聞した人からの取材が必要になります。つまり〈語る〉技術に加えて〈聞く〉〈集める〉技術も必要になるわけで、生半可な気概ではつとまりませんね」

うむ、怪談を聞くだけでも苦行なのに、それを集めるとなると……軽く拷問では？

（なんにせよ、遺《のこ》された人が一人でも報われたのなら、本当によかったな）

けれど、と思う。結花さんの兄である静流さんが未《いま》だに休筆中となると、事件の残した傷はきっと深いままなのだろう。

　そっと溜息を吐きながら新聞記事に目を落として——ふと気がついた。

「あれ、ひょっとして事件の起こった日付って二年前の今日ですか？」

「ええ、そうです。つまり今日は、結花さんが亡くなってから満二年目の命日、つまり三回忌ですね」

「あの、じゃあ、今夜の怪談会は結花さんを追悼するための？」

「さて、どうでしょうね。かつて百物語には死者に手向ける慰霊と鎮魂の意味もあったそうですよ。死者を忘れないこと、憶《おぼ》えていること、そんな誓いと祈りをこめて」

　なるほど、と頷《うなず》く。

　それなら青児たちが怪談会に参加せずにすんで、結果的によかったのかもしれない。家族として、恋人として、結花さんの思い出話に花を咲かせる場面があっても、部外者の存在は邪魔になるだけだろうから。

　と、なんとなく話が一段落したところで。

「では、タクシーが到着するまでの間、店内を見学させてもらいましょうか。実はちょっと気になる本を見かけまして」

「……怖いヤツですかね？」

「ふふ、いえいえ、論文集ですね。それと、実は鳥辺野さんから今夜の情報提供の見返りに、白翁堂の訪問ルポを書いて欲しいと頼まれてるんです」

「え、まさかそれって雑誌にのるんですか?」

「ですね。単なる店舗紹介記事ですが、嘘を書くわけにもいきませんし」

おお、まさかの雑誌ライターデビューだ。

(えーと、てことは取材の邪魔にならないように離れてた方がいいよな)

とはいえ、あっちもこっちも怪談本に囲まれている状況では、何をするにも落ち着かない。結果、コンビニ前の駐車場でリードにつながれた犬よろしく、ソワソワと居心地の悪さを噛《か》みしめていると、

「店内は禁煙ですよ」

え、と振り向くと、いつの間にか一人の女性が立っていた。

年齢は、おそらく三十代半ば。小柄な背丈は、皓少年と同じぐらいだろうか。ダークカラーのカットソーにズボン。口紅をのぞけば、化粧っ気もほとんどない。が、下がり気味の眦《まなじり》には、負けん気にも似た芯《しん》の強さがあった。そして、視線の先にはいつの間にか青児の弄《もてあそ》んでいた煙草の箱が……え、煙草?

「す、すみません! なんかボーッとしてる間にポケットから出したみたいで!」

「あら。じゃあ、うっかり喫《す》わないようにしまってくれるかしら」

「は、はい、今すぐ!」

一も二もなくディパックにしまいこむ。すると女性の目元が柔らかくゆるんで、

「ふふ、いいお返事」

小さく笑ってそう言った。第一印象よりも、思いのほか人好きのする雰囲気だ。

「ごめんなさい。参加メンバーに喘息《ぜんそく》持ちだった人がいるから、ついつい目くじらを立ててしまって。ただ、喫う時は出入口を避けて、なるべく人のいないところでね」

「あ、はい、気をつけます」

「ふふ、本当にいいお返事」

そう言った女性の顔には、小さな蕾《つぼみ》がほころぶような微笑があった。やおら背筋をのばすと、ぺこっと青児に頭を下げて、

「三枝由香《さえぐさゆか》です。ふだんはラジオやイベントで活動してる駆け出しの怪談師で、学生の頃から長年この店でアルバイトさせてもらってたよしみで芹沢くんに呼んでもらいました。今夜の怪談会ではよろしくね」

「あの、遠野《とおの》青児です。俺は夜船さんの代理で——いや、あの、本当の代理人は孫にあたる皓さんって人で、俺は付き添いなんですけど。ただ、実はこれから二人とも——」

追い返される予定で、と説明しようとしたものの、「ごめんなさい、電話が入ったみたい」と言うが早いか、それきり三枝さんは姿を消してしまった。む、無念。

さて、またもや青児一人がぽつんと取り残されたわけだが——。

(せっかくだから一服してこようかな)

そんなことを考えつつ、コソコソと本棚の谷間を抜けた。

「よいしょ、と」

建てつけの悪い格子戸をガタピシ引き開ける。

いよいよ夜の帳《とばり》が降り始めた屋外は、降るともなしに降る霧雨にひんやりと濡《ぬ》れそぼっていた。が、このぐらいなら傘なしでしのげそうだ。

(えーと、なるべく出入口から離れてってなると)

一歩、二歩と格子戸から離れて、きょろきょろ辺りを見回した、その時。

「え」

ふと背後に妙な気配を感じた。

反射的に振り向く。途端、煙のように降る雨越しに、ゆらりと視界の端をよぎる人影があった。いや違う、人ではない。あれは――。

(――鬼火?)

仄暗く雨に塗りこめられた薄闇に、青い光がぼおっと浮かんで、そして消えた。数メートル先にある建物の角へと、吸いこまれるように。

反射的にかけ出して、その先を覗《のぞ》きこむ。

が、店の角を曲がった先には、敷地の境界線に立つ竹垣との隙間に、無人の小路《こみち》がのびるばかりだった。鬼火はおろか、人影ひとつ見あたらない。

「何だったんだ、今の」

見間違いか、目の錯覚か、あるいは――。

(まさか妖怪――じゃないよな?)

ごくり、と無意識に唾《つば》を呑みこむ。

数秒迷った。このまま無視するか、後を追いかけるか。

が、もしも先ほど目にしたのが妖怪だとすると、地獄堕《お》ちの罪を犯した——あるいは、たった今罪を犯そうとしている罪人がこの近くにいることになる。

「……よし」

パン、と軽く頬を叩いて気合いを入れる。

見ると、黒っぽい砂利の敷かれた小路には、苔《こけ》に覆われた飛び石が点々とのびていた。

この先にも、なにか別の建物があるのだろうか。

(そう言えば、怪談会の会場は、裏手にある離れだって皓さんが言ってたような)

おっかなびっくり飛び石を踏んで足を進める。

皓少年の言っていた通り、横から見上げた白翁堂は、完全な木造二階建てだった。陰鬱な雨雲の下、三角屋根の瓦《かわら》が黒々と濡れて光っている。

と、不意にぱっと視界が開けて、

「……裏庭?」

墨色に滲んだ木々を背景に、荒《すさ》んだ庭が広がっていた。

壊れかけた竹垣は、背後の山との境界線なのだろうか。その手前、樹木も庭石もない真っ平らな地面に、痩《や》せた雑草の生い茂る陰気な光景が広がっている。

そして、中央にそびえるそれを目にした瞬間、青児は息を呑んで立ちすくんだ。

「なんだ、あれ」

――蔵だ。

それも見上げるほどに大きな蔵。

（いや、土蔵……なんだよな？　本当に？）

思わず疑ってしまったのは、それがあまりに真っ黒だったからだ。

黒漆喰《しっくい》――と言うのだろうか。屋根は白翁堂と同じ銅葺《ぶ》きで、漆黒に塗り上げられた蔵の正面には、これまた黒々とした漆喰扉が威圧的なまでの存在感を放っている。

まるで要塞《ようさい》――いや、牢獄《ろうごく》だ。

と、その時。

（あれ？　なんか焦げ臭い……ような）

ふっとかすかな臭いが鼻孔をかすめた。今にも雨の匂いにまぎれて消えてしまいそうな、なのに神経を逆撫《さかな》でする不快な臭い――髪の毛の焼ける臭いだ。

おっかなびっくり辺りをうかがうと、土蔵の陰になった暗がりに、ぽつんと一斗缶が置かれているのが目に入った。どうやら悪臭の源は、あの中身のようだ。

（えっと、覗くしかないよな？）

ごくり、と呑みこんだ唾が、喉の奥につかえるのを感じる。

そうして見事な及び腰になりつつ、ぽっかり口を開けた一斗缶を覗きこむと、

「――え」

そこにあったのは髪の毛だった。

風呂場《ふろば》の排水口を掃除した時に出てくるような、いや、もっと光沢を帯びて黒々とした、生きている髪だ。一斗缶の底で蠢《うごめ》くそれは、密に絡みあう蛇の群れにも見える。

が、思わず悲鳴を上げそうになった、その直後に。

「触らない方がいいよ、呪われるから」

え、と驚いて顔を上げると、いつの間にか一人の青年が立っていた。

紺絣《こんがすり》の着物をまとった姿は二十代後半のように見える。不健康に痩せた顔は、青みがかった土気色をして、赤く充血した目はここ数日一睡もしていないような印象だった。

その証拠に、目の下には煤《すす》けたような隈が滲んでいる。

と、おもむろに一斗缶をつかんだ青年が、もう片方の手で口を広げたゴミ袋に、その中身をザアッと流し入れた。当然、傾いた一斗缶から出てくるのは、大量の毛髪であるはずなのだが――。

「え？」

バサ、とゴミ袋の中に落ちたのは、一片の焼け焦げた紙片と、ほんの一握りほどの髪の毛だった。それも一斗缶の底で冷えきった、燃え滓《かす》――としか呼べないものが。

（てことは、さっきのはなにかの見間違いだったんだろうか）

いや、それよりも気になるのは――。

「あの……呪われるってどういう意味ですか？」

訊ねても青年から応《こた》えは返らなかった。

ただ、どことなく爬虫類《はちゅうるい》に似ているような、ぼんやりと焦点のさだまらない目で青児を見ると、やがてふいっと視線をそらして、

「……誰?」

「や、あの、遠野青児です。えっと、その、怪しい者じゃなくてですね、夜船さんの代理人……じゃなくて、その付き添いとして今夜の怪談会に」

しどろもどろに説明すると、なにやらじっと考えこんでいるらしい青年は、やはり視線をあわせないまま、ぺこっと小さく頭を下げると、

「景山静流です、よろしくお願いします」

「こ、こちらこそ、よろしくお願いしま……す?」

なんだろう、会話のテンポが独特すぎるというか、皓少年や鳥栖《とす》青年ともまた違ったマイペースさを感じる。いや、それよりも——たしか今、景山静流、と聞こえたような。

「あの、ひょっとして怪談作家の——」

そう青児が訊ねようとした時だった。

「今は違う。それに、この先書くつもりもないよ」

ぶつん、とハサミで断ち切るような返事に、え、と無意識に声が出てしまった。

思わず、まじまじと静流青年の顔を見た。死人のように生気を失った顔からは、どことなく病的な印象を受ける。いや、実際に病人なのかもしれない。

（休筆って聞いてたけど、まさか絶筆だったなんて）

もう二度と書かないと——少なくとも本人は、そう決めてしまっていることになる。

「あの、それって」

とっさに喉から出た声は、かすれて言葉にならなかった。何を言おうとしたのか、はたして言える言葉があるのか、青児自身にもわからない。

が、それでも何かに急かされるように口を開こうとした、その直後だった。

くるっと踵《きびす》を返した青年は、足元からなにかをつかみ上げると、無言のまま青児とすれ違って、それきり土蔵へと歩き去ってしまった。亡霊じみた後ろ姿は、青児の存在そのものを意識の外に押しやっているようにも見える。

と、突然。

「わ」

ぽたり、と。

一粒の雨がうなじを打った。一粒、また一粒……と、いよいよ本降りになったらしい雨が、頭、肩、頬を順ぐりに叩いていくのがわかる。

白翁堂に避難しようと、慌てて青児は駆け出そうとして——その前に静流青年に一言声をかけようと、再び土蔵に向き直った。

その直後だった。

ヒュッと喉で悲鳴が鳴る。

化け物がいた。

女だ。

白い着物に、長い黒髪。

足元には、ぼおっと青い火を灯《とも》した箱形の行灯が、ぽつんと一つ。いや、中の炎が青いのではなく、青い和紙が張ってあるらしい。そして、その奥に佇《たたず》んだ化け物の姿もまた巨大な青い鬼火に見えた。

暗《くら》く。

冥く。

ねっとりとした暗がりで一灯《いっとう》の火影のごとく揺らめきながら。

にやりと唇の端が裂けそうなほどに嗤《わら》う、頭に一対の角を生やした鬼女が。

「う、わ」

もつれる足で後じさりする。

が、瞬《まばた》きをしたその一瞬後、視界の先にいたのは、なんと静流青年だった。

金庫のようなダイヤル式の錠がついた漆喰扉の前——石でできた階段の上に佇んで。

骨張った左手には、ステンレス製の魔法瓶にも見える筒状の容器が握られている。

と、ガチャン、と錠を解く音がして、遠目にもひどく痩せたその背中は、やがて開いた扉の奥——ぽっかり口を開けた暗闇へと消えていった。

そのすべてを見送って、ごくり、と青児は唾を呑みこむ。

たった今、目にした化け物が〈妖怪〉なのだとしたら——怪談会の主催者であり、白翁堂の店主でもある静流青年は、地獄堕ちの罪人なのだ。

（まさか、そんな）

＊

裏庭から一目散に走って店内に飛びこむと、間一髪、雨のカーテンが降ろされた。

ザア、と海鳴りに似た音に驚いて振り向くと、バタバタと路面を叩く雨に夜の底が白んで見える。いよいよ本降りなのだ。

と、店内を捜す間もなく、ひょっこりと本棚の間から皓少年が現れて、

「おや、戻りましたか」

と青児を迎えてくれた。もしかすると青児の不在に気づいて入口近くで待っていてくれたのかもしれない。が、ジン、と嬉《うれ》しさを嚙みしめたのも束の間。

「それで今回は、妖怪化した犯人と死体、どっちに出くわしたんですか？」

……もはやサスペンス劇場のオープニング扱いだった。ジーザス。

が、文句を言っている場合でもないので、

「あの、店の裏手で店主の静流さんに会ったんですが、その姿が妖怪に見えて——」

青児があたふた説明すると、「おや」と瞬きをした皓少年も、さすがに驚いたようだ

った。一連の流れをしどろもどろに――けれど、できるだけ細部まで報告すると、

「さて、おそらく〈青行灯《あおあんどん》〉ですね」

例によってあっさりと答えが返ってきた。はて、聞き覚えがあるようなないような。

「あ！　ちょ、ちょっと待ってください」

ゴソゴソと背中からデイパックを下ろした青児は、中から大判の画集を取り出した。言わずと知れたマイ妖怪画集――鳥山石燕《とりやませきえん》の〈画図百鬼夜行《がずひやっきやこう》〉だ。

「ありました！」

やがて探し当てたのは〈今昔百鬼拾遺《こんじやくひやっきしゅうい》〉の一ページだった。ぽつんとともった行灯の奥に、亡霊のごとく佇んだ鬼女の姿が描かれている。

添えられた名は、青行燈《あをあんどん》。

「燈《ともしび》きえんとして又あきらかに、影憧々《かげどうどう》としてくらき時、青行燈《あをあんどん》といへるものあらはる丶事あり――という詞書《ことばがき》の通り、青行灯という妖怪は、百物語の場において最後の灯心を吹き消した後に現れる怪異を指したものと考えられます。が、具体的に青行灯という妖怪が出現した伝承や記録は、実は存在しないんですね」

はて、つい先日、よく似た説明を聞いた覚えがあるような。

「あ、狂骨《きようこつ》！　てことは狂骨と同じ、石燕のオリジナル妖怪ってことですか？」

「ふふ、正解ですね。狂骨と青行灯がのった〈今昔百鬼拾遺〉は、古典文学や謡曲といった〈雅《みやび》〉の題材を取り入れた教養人ならではの遊び心が特色です。鬼を談ずれば怪《くわい》い

たるといへり――という古い言い伝えをもとに創作された青行灯は、言わば百物語そのものですね」

な、なるほど。しかし問題は――。

「あの、どうして静流さんの姿が〈青行灯〉なんかに」

「さて、二年前に結花さんが亡くなった事件と関わりが――と考えることもできますが、どうも〈青行灯〉という妖怪とは結びつきづらいですね」

ですよね、と頷く。ひょっとして、まだ青児たちの把握していない事件があって、その犯人ということもありえるのだろうか。

（元はといえば、俺と鳥栖さんも〈以津真天《いつまで》〉と〈狐者異《こわい》〉っていう妖怪の姿をしてたんだし、静流さんにも何か事情があるのかもしれないよな）

しかし、あまり考えたくはないけれど、一番厄介な可能性としては――。

「ええ、今夜これから何かが起きるということですね。なにせ今夜の怪談会の主催者は、他でもない静流さんなわけですから」

「……ですよね」

正直に言って嫌な予感しかしない。が、逆に考えれば、今この場にいる青児たちであれば、事前に事件を止めることができるかもしれないということだ。

〈未然に防げる罪があるなら、それに越したことはありませんからね。地獄に堕ちる罪人は、一人でも少ない方がいいですから〉

脳裏によみがえった声は、かつて皓少年から聞いたものだ。獅堂《しどう》家が舞台となった殺人事件で離れの見張りを命じられたあの時に。

(結局、なんの役にも立てなかったし、そもそもとっくに殺人が起きた後だったけど)

けれど、今夜は皓少年と二人一緒なのだ。ただそれだけで、なんとかできそうな気がしてくるのもたしかだった。なにせ皓少年なのだから。

だから今、青児にできることがあるとすれば——追い出しを阻止することだ。

なので、ちょうど店の奥から出てきた芹沢氏を捕まえると、

「あの、すみません、芹沢さん。もうすぐ予約してもらったタクシーが来ると思うんですけど、やっぱり怪談会に参加させてもらえませんか？」

しどろもどろに切り出すと、芹沢氏からは怪訝《けげん》な表情が返ってきた。そもそも青児の存在自体忘れていた顔だ。

「君は……西條くんの付き添いの？」

「あの、遠野青児って言います。未成年の皓さんは参加NGって話ですけど、俺が保護者代わりじゃダメですかね。いや保護者じゃないんですけど、保護者扱いして欲しいというか、オールナイトのイベントって保護者同伴なら参加OKですよね？　あ、俺は免許証は持ってないんですが、タスポならあるんで——いや、違う、そうじゃなくて」

言っているうちに混乱してきた。このままだと舌を噛みそうだ。

が、すうっと息を吸いこんだ青児は、どうにかこうにか芹沢氏を正面から見返して。

「あの、とにかく皓さんが成人ずみなのは本当ですし、それに怖い話ならこの場の誰よりも知ってると思うんです。なので、その、やっぱり怪談会に参加させてください」

お願いします、と結んで青児はできるだけ深々と頭を下げた。

すると。

「ああ、わかった」

存外あっさりと、芹沢氏からそんな応えが返ってきた。

「そもそも成人ずみなら何の問題もないんだ。君たちの話をろくに聞きもせずに追い出そうとして悪かった。タクシー会社にはこちらから謝罪しておく」

「あ、ありがとうございます！」

よ、よかった、なんとかなった！

が、ヨッシャア、とガッツポーズをきめて皓少年を見ると、グッジョブと片手で親指を立てたポーズのまま、なぜかもう片方の手で口元を覆って肩を震わせていた。

なぜ！

「も、もしもし、皓さん」

「…………」

「あの、笑い死に寸前みたいに見えますけど、息できてます？」

「…………」

あ、これダメなヤツだ。

（いや、けど、間合いに入ったら頭を撫でられる予感が——）

と本能的な直感から危険を察知した青児が、安全距離を見定めつつ、じりじりと近づこうとしていると——ふと顔を上げた皓少年が「おや」と出入口を振り返った矢先に。

「ばんはーっす！」

妙に明るい声と共に、ガラッと格子戸が開いた。雨音と共に飛びこんできたのは、大学生ぐらいの年齢に見える青年だ。

（うわ、派手）

ホワイトブリーチと呼ぶのか、限りなく白に近い髪に、灰色のカラコン。背丈は皓少年と同じぐらい小柄なのだが、なんというか全体的に自己主張が烈《はげ》しすぎる感じだ。

「おひさっす、江入叶《えいりかなえ》です！　なんと今夜の怪談会に、静流さん直々に参加オファー頂きまして！　なんで特別ゲスト枠ってことで参加します！　やー、しみじみ感動っすね！　こうして怪談ガチ勢の皆さんにまぜてもらえたってことは、いよいよ俺の実力も認められちゃった感じですか？　とりま、お手柔らかに！」

……うむ、なんだろう。

機関銃を乱射するような話し方のせいか、どうにも嫌な予感しかしない。

「えっと、あの人も怪談師なんですか？」

訊ねた先は、騒ぎを聞きつけてやって来たらしい三枝さんだった。顔見知りなのか、江入青年に向けられた顔には、深々と眉間《みけん》に皺《しわ》が刻まれている。

「一緒にされたくないって気持ちもあるけど、いちおう御同業。SNS中心で活動してる若手怪談師で、賞レースの不正疑惑とか、ネタの盗作疑惑とか、その手の業界暴露話をあることないこと吹聴《ふいちょう》するのがウリで……というか他にウリがないと思う」

「……あの、じゃあ、なんで静流さんはあの人を招待したんでしょうか？」

訊ねると、はあ、と三枝さんの口から巨大な溜息が出た。

「正直、全然わからない。わざと怪談会を台無しにするために——とか、まさか主催者の静流くんがそんなことするはずないと思うけど」

言いながら、ちらっと芹沢氏に目をやった。共感と同情の目だ。

「ただ、一番ショックを受けてるのは芹沢くんだと思う。今夜の怪談会が静流くんが復帰するきっかけになればって、参加メンバーの選定から会場の準備まで、そうとう頑張ってたみたいだから」

それを聞いて、これまでの芹沢氏の態度が一気に腑《ふ》に落ちた気がした。

(それで夜船老——魔王ぬらりひょんの辞退の件で、あんなにガックリきてたんだな)

代理人の皓少年につっけんどんな態度をとったのも、落胆からの八つ当たりだったのかもしれない。そして先ほど芹沢氏から聞いた話によれば——。

「芹沢さんと静流さんって、小学生の頃からの幼馴染みなんですよね？」

「ええそう、芹沢くんは常連客だったお父さんの紹介でこの店に来たんだけど、店番をしてた静流くんに、持ち前の押しの強さでぐいぐい話しかけて……初めは人見知りしてた静流くんも、そのうち一緒に怪談集めをするようになったみたい」

ふふ、と笑った三枝さんは、遠い記憶を懐かしむ目をしていた。

「怪談作家になってからも、芹沢くんが一番の読者だったの。兄思いだった妹の結花ちゃんと二人で静流くんをずっと応援してて……だから今は、結花ちゃんの分まで応援するつもりなんだと思う。静流くんが無事に復帰できるように」

その言葉に、ふと胸をつかれた気がした。

(ああ、そうか、取り返しがつかなくなる前に、苦しんでる幼馴染みをどうにかしようと必死にあがいているのが芹沢さんなんだ)

一方、何もできないまま、どうしようもなくなったのが青児なのだとしたら。

(なんとか応援したい——って言っても、迷惑なだけかもしれないけど)

それでも他人事《ひとごと》だと割り切ることはできそうにない。

芹沢氏を見ると、耳にスマホを押し当てて、がりがりと後ろ頭をかいていた。延々とコール音を鳴らし続けているのを見ると、電話している先は静流青年なのだろう。が、一向に出る気配がないばかりか、突然、ブツッと音が途切れてしまった。留守電に切り替わった——わけではなく、通話を拒否されたのだ。

と、ドン、と鈍い音がして、

「くそ、一体どういうつもりなんだ、アイツは！」

押し殺した声でうなった芹沢氏が、もう一回、腹立ちまぎれに壁を殴った。

——と。

「あらー、ひょっとして仲間割れしちゃってる感じですか？　まあ、なにかと噂の芹沢さん的には今すぐ追い返したいとこでしょうけど、なんせ特別招待枠ですから、そこんとこヨロシクです」

へらっと笑ってのたまう江入青年に、チ、と芹沢氏が舌打ちする。

（えーと、なにかと噂のって……芹沢さんにも暴露ネタがあるってことなのかな）

そう青児が首をひねったところで、

「おや、時間ですね」

すぐ近くで声がした。皓少年だ。笑い死に寸前だったのが嘘のように涼しげな顔でスマホの時刻表示を見つめている。

夜の九時——怪談会の時刻だ。

と、腕時計に視線を落とした芹沢氏が、はあ、と溜息を吐いた。深い、本当に深い皺を眉間に刻むと、覚悟を決めるように深呼吸して、

「時間切れだ。会場に移動しよう」

＊

雨音ばかりがする夜の闇を、手に手に傘をさして店の裏手に向かった。

白く煙ったような薄暗い視界に、とりどりの傘の花が咲く。ちなみに皓少年がさしている折り畳み傘は、外が黒で内が朱の、言わずと知れた紅子さんカラーだ。

(静流さん――いないな。手紙みたいなものを燃やしてた一斗缶も片づけられてるし)

あまりに跡形もないせいで、一瞬、幽霊オチを疑ったものの、一斗缶のあった場所には、わずかに焦げ臭さが残っていた。よかった、ちゃんと現実だ。

(えっと、ひょっとしてまだ離れの中なのかな?)

離れ――というのはつまり土蔵のことだ。道すがら芹沢氏から聞いた話によると、もともとは創業者である景山千影氏の蔵書がしまわれていた場所で、その中身をそっくり移し変えた先が白翁堂らしい。

そして、書庫としての役目を終えた土蔵は、研究仲間を始めとした旧知の客人たちをもてなすための離れとして改築されたのだ。それも、この世で唯一無二の、百物語怪談会専用の会場として。

「さて、酔狂もここまでくると大したものですねえ」

「なんか、いまいちピンとこないんですが……ゾンビ映画にドはまりした末に、中古DVDショップを開いて、最終的に自宅をミニシアターに改築しちゃった感じですか?」

「ふふ、的外れなようでいて当たらずとも遠からずなのが、さすが青児さんですねえ」

さ、左様で。

見上げた土蔵は、石造りの階段の向こうに、いかにも重そうな漆喰扉があった。仰々しい閂《かんぬき》つきの見た目は、ぱっと見、忠臣蔵で討ち入りされそうな感じだ。

と。

芹沢氏が回転式のダイヤル錠をいじると、ギイイ、と軋《きし》みを上げて扉が開いた。

途端、古い家屋に特有の、埃《ほこり》っぽい湿った空気が中から溢《あふ》れる。そして、芹沢氏の肩越しに、開け放たれた扉の奥を覗きこむと——。

（く、暗っ）

濃厚な、まるで手触りのありそうに、どろりとした闇だ。風もなく、じっとりと湿った空気は、行く手を阻む壁のようにも感じられる。

ひょいっと扉をくぐった芹沢氏が、馴《な》れた足取りで石段を下りると、パチン、と音をたてて壁のスイッチをつけた。

ぱっと視界に灯りがともる。

ぽつんと天井から吊り下がった裸電球の下には、広々とした三和土《たたき》。左手に物置らしい片開きの扉があって、反対側に備えつけの靴箱。一段上がって板の間が広がっている。

手に手に傘を畳んで、雨粒を払い落としつつ蔵の中に入った。

不規則に雨音の鳴るその空間は、突き当たりに黒ずんだ板壁があって、右手の一部が潜《くぐ》り戸になっている。あの奥が会場なのだろうか。

と、ガシャン、と背後で音がして、

（あ、扉を閉める音か）

振り向くと、芹沢氏の背中があった。

どうも蔵の出入口は、漆喰扉と格子戸で二重になっているようだ。

そして、内側の格子戸を閉めた芹沢氏が、左端の引き手部分に錠前タイプの小さなダイヤル錠をかけると、ガチャン、と音をたてて施錠して……うん、施錠？

「え、あの、なんでそんな厳重に」

「ああ、この離れでは、怪談会の最中、語り手以外の誰かが中に踏みこむのを禁じてるんだ。つまり百物語の最後の一話を語り終えるまで一切出入り禁止になる。だから開会中は、外側の漆喰扉に閂をかけて、内側の格子戸もこうして錠前で施錠するんだ」

「い、いやあの、ちょっと待ってください」

思わず待ったをかけてしまった。

「あの、まさかそれって……一晩この中に閉じこめられるってことですか？」

「ああ、そうだな。改築の際に明かりとりの窓も塞《ふさ》いでるから、この蔵戸が唯一の出入口になる。つまり百物語が終わりを迎えるまで、離れは出入り不可能になるわけだ。中の人間は外に出ることができないし、逆にそれ以外の人間が中に入ることもできない」

そんな馬鹿な、と思ったのは皓少年も同じだったようで、

「さて、火事や地震が起きた場合はどうなりますか？」

「……起きない、と言いたいんだが、こればっかりは断言できるわけもないな。いちおう外部と通信する手段はあるから、滅多なことは起こらないと思うんだが」

「ふふ、百本の蠟燭を立てて――となると、明治以降ですね。江戸時代の蠟燭は値の張る贅沢品《ぜいたくひん》でしたから、百物語に登場するのは、安価な西洋蠟燭が普及した明治以降なんですよ。逆に江戸時代の庶民にとって最も身近だったのが行灯なんです」

あ、と思わず声が出た。

（なるほど、だから〈青行灯〉なのか！）

おお、と感心していると、ス、ス、と白足袋《たび》の足で滑るように移動した皓少年が、ふと座卓の前で足を止めて、

「おや、ペットの見守りカメラですか」

「え」

声につられて座卓を見ると、端にちょこんと鎮座した丸っこいフォルムの何かがあった。なるほど、あれが見守りカメラか。

「いわゆるネットワークカメラです。カメラが内蔵されていて、撮影した映像をスマホやパソコンからリアルタイムで視聴できるんですよ。最近だと、赤外線LEDで昼夜を問わず撮影可能だったり、スピーカーから音声を伝えることもできるそうで」

「あの、なんでそれを皓さんが知ってるんですか？」

「閻魔《えんま》庁に参内する日は必要かと思――コホン、いえその、購入には至らなかったんですが、紅子さんに通販カタログを取り寄せてもらったことがありまして」

「……うっかり通販でポチらなくて本当によかったです」

よし、一ミリでも深く考えたら負けだ。

と、右手から慌ただしい足音が聞こえてきたかと思うと、

「っぱ、ありえねー！　なんっすかこれ！　今どき携帯の電波が届かないって！」

そんな叫び声と共に現れたのは、江入青年だった。スマホを凝視しているところを見ると、どうやら電波がつながる場所がないか、あちこち歩き回っているらしい。

（って、それじゃあ、まさか）

慌てて自分のスマホを確認すると、見事に圏外だった。そ、そんな。

「ああ、土壁のせいでしょうね。Ｗｉ－Ｆｉの電波は水で遮断されますから、空気中の水分を吸収する土壁と相性が悪いんですよ。今夜のように降水量の多い日はとくに」

例によって、あっさり看破した皓少年が説明すると、とたんに不機嫌オーラを発散し始めた江入青年が、つまらなそうに唇を尖《とが》らせて、

「んだよ、せっかく面白くなりそうだったのに」

吐き捨てるや否や、どかっと座布団の一枚であぐらをかいた。と、その隣の座布団に陣取った三枝さんが、ふん、と不快げに鼻を鳴らして、

「どうせＷｉ－Ｆｉがつながってたら、ろくなことしなかったくせに」

怒りまかせに吐き捨てつつ、電気ポットの給湯ボタンを力一杯押しこんで、急須《きゅうす》にお湯を注いでいる。どうやら全員分のお茶を淹《い》れてくれているらしい。

見ると、電気ポットの他にも、ペットボトル入りの飲料水や、羊羹《ようかん》やどら焼きといっ

た和菓子を盛りつけた菓子鉢が、座卓近くに置かれたトレイに並んでいるようだ。と。

「あ」

思わず声が出てしまったのは、トレイの端にステンレス製の魔法瓶があったからだ。

「あ、あの、それって」

「ああ、中はホットの珈琲みたい。肌寒いから淹れたてのお茶の方がいいかと思ったんだけど、そっちの方がよかった？」

「い、いえ、大丈夫です。ありがとうございます」

しどろもどろに礼を言った青児の脳裏には、土蔵に入っていく静流青年の後ろ姿があった。そして、その手に握られた筒状の容器。

(ステンレス製の魔法瓶みたいに見えたけど、中身は珈琲だったのか。いや、けど、なんとなく見た目の印象が違うような)

うーん、と首をひねっていると、やっとスマホから顔を上げた江入青年が、きょろきょろと辺りを見回して、

「あれ？　静流さんってどこっスかね。他の部屋でも見かけませんでしたけど」

その問いかけに応えたのは、一人遅れて潜り戸から現れた芹沢氏だった。

「ああ、静流はもともと会場の離れに入らない予定で、主屋である百翁堂からリモート参加する手はずなんだ。夜明けに外から蔵戸を解錠する役目も兼ねて」

耳を疑うようなその言葉に、へ、と間の抜けた声が出てしまった。

(鍵《かぎ》を開ける誰かが必要なのはわかるけど、なにも主催者の静流さんじゃなくても)

そう考えたのが顔に出たのか、湯呑みを配り終えた三枝さんが、はあ、と湿り気のある溜息を吐いて、

「静流くんは、この二年間ずっと怪談語りをやめてるし、今夜も聴き手に回るみたいだから、しきたりを守るためには、こんな形でしか参加できなかったんだと思う」

その視線は、座卓の縁に鎮座したネットワークカメラに注がれている。

と、芹沢氏が軽く顎を引いて頷き返すと、

「知っての通り、この離れでは、怪談会の最中に語り手以外の誰かが足を踏み入れることを禁じてるんだ。つまり、はなから語り手になるつもりのない静流は、離れに入れないことになる。その打開策がこのカメラなんだ」

なるほど、と頷く。

たしかに赤外線カメラとスピーカーの内蔵されたネットワークカメラであれば、怪談会の様子をリアルタイムで視聴しつつ、相互に音声をやりとりすることも可能だろう。

(てことは、怪談会の最中、静流さんは一人きりなわけか)

つまり〈青行灯〉の姿に変わった人物が自《おの》ずと隔離されるわけで、離れの中にいる青児たちにとっては、逆に安全なのかもしれない。

が、内心皓少年の身を案じていた青児が、ほっと安堵《あんど》したのも束の間。

口をへの字に曲げた江入青年が、不機嫌丸出しに鼻を鳴らすと、

「けど、ネットが使えないんスよね？　電波が通じないとリモート参加も無理っしょ」

「いや、有線でつないであるから問題ない。昔、黒電話を引いていた頃の名残りで、電話線はあるんだ」

「うえっ、有線。今どきＡＤＳＬ回線でモデム接続って、旧石器時代かよ」

ケッと小馬鹿にしたように舌打ちした江入青年が、呆《あき》れた風に肩をすくめる。

と、大股《おおまた》で座卓に近づいた芹沢氏が、ネットワークカメラに最も近い上座に腰を下ろした。そして、カチリと音をたてて電源を入れると、

「聞こえてるか、静流」

そう呼びかけた途端、待ちかまえていたように応えがあった。

〈聞こえてるよ。外の閂もかけ終わった。そろそろ始めてくれ〉

スピーカーから返ってきたのは、たしかに静流青年の声だった。

一瞬、芹沢氏の顔が物言いたげに歪《ゆが》む。が、あきらめたように首をふると、三枝さんたちの向かいに回った青児たちが座布団に腰を落としたところで、

「では、そろそろルールの説明をさせてくれ」

そう芹沢氏が切り出した。

もとは土蔵だった離れには、壁や襖によって仕切られた小部屋が四つある。うち一つが玄関部分にあたる〈玄関の間〉。そして残り三つが、今夜の百物語怪談会の会場だ。

一つ目が〈前の間〉。今青児たちの集まっている座敷で、参加者たちの語りの場だ。

二つ目が〈中の間〉。二間続きになった隣の座敷で、灯りは一切置かれていない。

三つ目が〈奥の間〉。鉤《かぎ》の手に曲がった先にある座敷で、古式ゆかしい百物語の作法に則《のっと》り、行灯や鏡が置かれている。

怪談会の参加者たちは、怪談を五話ずつ語り終えるごとに席を立ち、〈中の間〉を通って〈奥の間〉へと向かう。そして、行灯から火のついた灯心を一本抜いて吹き消し、文机《ふづくえ》に置かれた鏡を覗きこんで、語りの場である〈前の間〉へと戻るのだ。そして最後の灯心が吹き消され、〈奥の間〉に真の闇が訪れたその時、百物語は閉会となる。

「作法通りにするなら、行灯に百本の灯心を並べて、一話ごとに吹き消していくべきなんだが、火災の危険性を減らすために灯心の数は二十本にさせてもらった」

とは芹沢氏の弁だ。

参会者は五人。語るべき怪談は一人二十話ずつ。語る順番は、席順によって決定され、反時計回りに三枝由香、江入叶、西條皓、遠野青児、芹沢猛の順となる。

と、そんなこんなでルールの説明が終わったところで。

くいっと皓少年に上着を引っぱられたかと思うと、こそっと小声で耳打ちされた。

「大丈夫そうですか？」

「え、大丈夫って」

何がですか、と訊《き》き返しそうになって気がついた。一人二十話。それだけの怪談を語

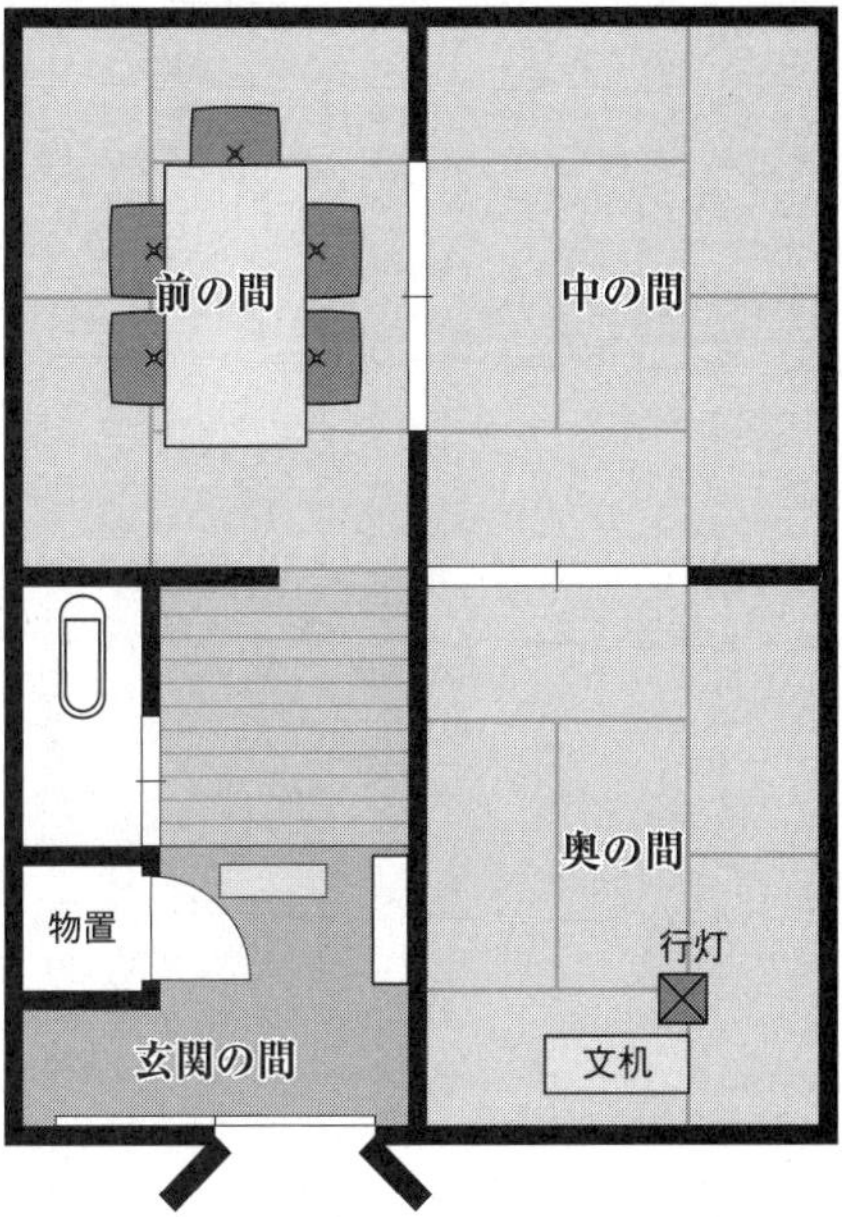


白翁堂離れ

りきることができるのか、という意味だろう。本音を言えば、冬眠中のダンゴムシのように丸まって、無我の境地でやり過ごしたいところだ。

(いや、きっと皓さんなら助け船を出してくれるんだろうけど)

たとえば最低ノルマの一話分だけこなして、残りの十九話すべてを皓少年に丸投げすることだって可能だろう。本音を言えば、ぜひともそうさせてもらいたい。

――けれど。

皓少年の負担を少しでも減らすことが、今の青児にできることで――逆に言えば、それしかできないのだとしたら。

「あの、怪談としての質はまったく保証できないんですが」

切り出した声は、みっともなくかすれてしまった。が、一度唾をのみこむと、できるだけ平静な口ぶりを装って、

「やります、なんとか」

そう言いきった青児に、皓少年は一言も言葉を返さなかった。

ただ、ぽん、と一度だけ、背中を押すように。

――それだけで十分だった。

「それじゃあ、怪談会を始めよう」

芹沢氏の声に応えるように、風もないのに揺らいだ蠟燭の炎が、ジジ、と灯心の燃える音を鳴らして。

そして、百物語が始まった。

＊

まずは一人目——三枝さんの怪談語りだ。

「さて、今夜のような雨の晩は、ちょうど百物語におあつらえ向きだと言いますね。今宵《こよい》は雨もそぼふり物《もの》すごき夜になれば——というのは、江戸時代に書かれた〈百物語〉の序文ですが、こんな夜になると、ひとつ思い出す話がありまして——」

——こっっっわ！

トップバッターである三枝さんが語り終えた途端、ぶわっと全身から嫌な汗が噴き出すのがわかった。とはいえ、まだ序盤のせいか、どれも短い話ばかりで、きっと怖さの方もさほどではないのだろう。

なのに、怖い。

もとより怖がりの青児は、高速で輪っかを回し続けるハムスターの姿を脳裏にえがいて心頭滅却をはかっていたものの、それでもゾクゾクと寒気が止まらないのは、三枝さんの語る怪談が——というよりも、その語り方が怖すぎるせいだ。

訥々《とつとつ》とした、下手をすると雨音に負けそうな声量なのだが、一話、もう一話、と語りを重ねていくごとに、次第に空気が重くなっていき、つられて聞き手の息苦しさも増していくのが肌身でわかる。

(なんていうか、語りの臨場感が半端ないんだよな)

一つ一つの情景がありありと浮かんで、想像力を引っ張られていく。

聞かないように、想像しないように、と自分自身に言い聞かせているのに、どんどん現実の場を侵食されて、意識を呑みこまれていくのがわかるのだ。そして、それこそが〈怪談師〉という語りのプロとしてのテクニックだとすれば――。

「……もはや拷問のプロなのでは?」

「ふふ、さすが本職の技ですねえ」

皓少年もまたしみじみと感心した様子で、ぱちぱちと称賛の拍手を送っている。

と、はにかんだ様子で頭を下げた三枝さんが、

「それじゃあ、お先に」

と立ち上がったかと思うと、スッと襖を開けて〈中の間〉へと消えていった。

続いて二人目――江入青年の怪談語りだ。

「あ、もう俺の番か。んーと、じゃあ、ちょい地味ですけど、あの話からいきましょう。知り合いのMさんが、二年前に入院して――あ、この話、ひとに話すとちょっとヤバイかなって思うんですけど、というのも〈何があっても知らないよ〉って、そんな前置きで教えてもらったヤツなんスね。じゃあ、よく聞いてください」

そんな前置きから始まって、かれこれ五話。

……あれ、怖くない？

病院怪談――と呼ぶのか、どれも江入青年の得意分野らしい病院にまつわる怪談だ。内容そのものは、リアリティがあって、それなりに鳥肌の立つものなのだろう。

――が。

（えっと、語り方が下手すぎる……のかな？）

一話一話がやたらと長くてくどい。なのに途中で話の筋がすっかり見えてしまう。芝居がかった口調で盛り上げようとしているものの、「ほらほら、怖がれよ、な？な？」と酔っ払いにからまれているようで、肝心の内容がさっぱり頭に入ってこない。

つまり一言でまとめると――。

（癒《いや》し枠たすかる！）

ビビリな青児にとっては、後光がさして見えるほどのありがたさだった。が、一話一話噛みしめるように聞き入っていると、あっという間に次の番が来てしまって――。

「ふふ、とうとう僕の番ですね。では、三枝さんの言葉にならって、雨夜にちなんだ因縁譚《たん》でもいたしましょうか。子が親を祟る話です。戦後間もなくのことですが、あの頃、産児《さんじ》殺しといえば――」

鬼！　悪魔！　元魔王！　将来冥官《みょうかん》！

続いて三人目――皓少年の怪談語りを聞きながら、思いつく限りの罵倒《ばとう》を心の中で並べ立てるはめになってしまった。

学会機関誌、説話集、郷土誌――と皓少年の語る怪談には、具体的な出典をともなったものが多い。実話怪談風ではあるものの、どれも学術的な聞き取り調査によって集められたものだ。そのせいか、どの話もやたらと語り口が生々しい上に、オチがショッキングで陰惨なものばかりだった。

ぶっちゃけ皓少年の好みなのでは――と思うものの、「人の心なくしすぎでは？」とツッコムわけにもいかず、せめてもの抵抗にぎゅっと目をつむって震えていると、

「それでは、長々とご退屈様でした。次は青児さんの番ですね」

え、と顔を上げると、すっと離席した皓少年が襖の向こうに消えるところだった。

……ところで、皓少年の背中が笑いをこらえるように震えて見えるのは被害妄想だろうか。箸が転んでもおかしいお年頃か。それでもオーバー古希か。

(って、次って俺の番か！)

あわあわと居住まいを正して、座卓に並んだ三人の顔を見た。芹沢氏、三枝さん、江入青年だ。心細さを察してか、三枝さんが「頑張れ」と口パクで応援してくれる。

ごくり、と唾を呑みこんだ青児は、大きく息を吸いこんで、

「えっと、念のため確認したいんですけど、実話怪談って、現実にあった体験談なら幽霊とか怪異でなくてもいいんですよね？」

「……どういう意味だろうか？」

い、いかん。芹沢氏の顔に「突然何を言い出すんだコイツ」と書かれている。という

か、この人ぜんぶ顔に出るタイプだ。

「あの、恐怖の対象が生きた人間の〈ヒトコワ〉って怪談もあるって聞いたんですが」

しどろもどろに説明すると、「なんだ、そんなことか」と言うように、ほっと芹沢氏の表情がゆるんで、

「ああ、人怖だな。プライバシーへの配慮は必要だと思うが、実際にあった出来事にもとづいた話なら、まったく問題ない」

「あの、じゃあ、それでやらせてもらいます」

そんな前置きと共にぺこっとお辞儀をして語り出した——数々のアルバイト先で遭遇した実体験を。

「えーと、あの、ほとんど怖い話を知らないので、俺が体験した話をします。あんまり怖くないと思うんですが、あるコンビニでバイトの面接を受けた時に——」

はてさて。

白状すると、青児が寝不足になった理由は、徹夜で怪談会の準備をしたせいなのだ。

(いやだって、もともと幽霊とか心霊スポットとか、ほとんど縁のない霊感ゼロ人間だし、それに怪談の仕入れ先になってくれそうな知人友人だってほぼゼロなわけで)

苦しまぎれに鳥栖青年に電話して「怖い話知りませんか」と訊いてみたところ、「君が今話してる相手、元死人だけど」と返されてしまった。捨て身の没後ジョークだ。

(となると、唯一話せそうなのは、自分自身の体験談しかないわけで)

おかげで一晩中、思い出したくもない記憶を漁《あさ》るはめになって、なんとか数十話分確保した頃には、うっかり致死量のエクトプラズムを吐きそうになってしまった。

――が。

(いや、けど、意外とウケがいい……ような?)

しょせん語り手は青児なので、つっかえつっかえ行きつ戻りつしつつ、えーとかあーとか無駄な音声をはさむグダグダっぷりだ。が、初めは小馬鹿にしていた江入青年も、うっかり店長の不倫を暴露してしまってバイト先をバックレた話では、私物をとりに忍びこんだ深夜のバックルームで、ゴルフクラブを手にした店長がみっしりとロッカーの中につまっていた場面で、ヒッと悲鳴を聞くことができた。

……いや、怖がっているというより単にドン引きされている気もするけれど。

が、何はともあれ。

なんとか五話分の怪談を語りきったところで。

「えっと、その……お粗末様でした」

ぺこんと頭を下げて、そそくさと逃げるように〈中の間〉に向かうと、やがて背後のざわめきや話し声がふっと途絶えて、冷え冷えとした静寂が広がった。

そして何より――。

(暗すぎる、よな)

灯り一つない座敷は、視界すべてが仄暗い闇に沈んで、そのわりに畳の目ばかりがやけに生々しく浮かび上がって見えた。いや、一点だけ――天井近くにぽつんと灯ったLEDランプは、エアコンの電源ランプだろうか。

何にせよ、今にも背後からふっと息を吹きかけられそうな気がして、立っているだけで足がすくんでしまう。が、意を決して足を踏み出すと、手さぐり足さぐり畳の上を進んでいった。

そうして、いよいよ〈奥の間〉へと踏みこもうとした、その時。

〈幽霊なんかよりも、君の左目に視《み》えるものの方がよっぽど怖いと思うけどね〉

ふと昨夜耳にした鳥栖青年の言葉を思い出して足が止まった。

(そういえば――少し前までは、いるかどうかわからない幽霊よりも、たまに見かける正体不明の化け物の方が、比べものにならないぐらい怖かったんだよな)

それこそ猫背になって足元をにらみながら歩く癖がついてしまったほどに。

もちろん、それなりに幽霊やお化けを怖がってはいたものの、他に怖がるべきものがありすぎて、きちんと怖がるだけの余裕がなかったのだ。

なのに今は、こんなにも幽霊を怖がっている。どうして、と訊かれれば――。

(ああ、そうか。皓さんと出会って、正体不明の化け物じゃなくなったからか)

そして、この目に宿った〈照魔鏡《しょうまきょう》〉の力について――犯した罪を表している〈妖怪〉たちについて知ることができたからだ。

成長と呼ぶにはささやかすぎる変化かもしれないけれど、もしも知らないままでいた

ら、誰にも打ち明けられないまま、たった一人で怯《おび》え続けていたのだと思うと――青児

にとっては、あまりにも大きすぎる一歩だ。

と、ふっと息を吐いた青児は、開け放たれた襖から〈奥の間〉へと踏みこんで、

「……お邪魔します」

誰にともなく言って辺りを見回すと、がらんとした座敷は、ザアザアと絶え間ない雨音で充たされていた。水を吸ったように重い空気は、いくら吸いこんでも酸素が足りないように感じる。そして畳の敷かれた床の、ほぼ中央に――。

(あれが行灯――なのかな)

頭上から吊り下げられた蛍光灯の、ぽつんと灯った豆電球の下。真っ青な和紙の張られた行灯は、ぼおっと揺らめく鬼火のようだ。その奥には、行灯の仄明かりに照らされて、古びた文机が一台見える。

おっかなびっくり近づいて、まずは箱型をした木枠を覗きこんだ。中には、ひたひたと油を注いだ浅い小皿があって、放射状に並べられた灯心が細々と炎を灯している。

(えっと、一本だけ灯心を抜いて吹き消せばいいんだよな)

うっかり火事になったりしないよう、慎重に慎重に引き抜いて、ふっと吹き消す。

さて、次は鏡だ。

近くで見た文机は、卓上に裏面に支えのついた置き鏡があった。

(これを覗きこめばいいんだよな?)

ごくり、と唾を呑みこんで、文机の手前で膝《ひざ》をつく。そうして黒々と水面《みなも》のように光る鏡面を覗きこんだ、その時だった。

――いつまで、と。

記憶の底からよみがえった声に、一瞬、心臓をひっかかれた気がした。追い立てるように、責めるように、ずっと聞こえ続けていた、あの声が――。

（いや、しっかりしろ！）

パン、と片手で頬を叩く。よし、と膝に力をこめて立ち上がろうとした時だった。

カラ、カラカラン、と。

急に天井から聞こえた音に、思わずビクッと動きが止まった。

（何だろう、なんとなく聞き覚えのある音のような……って、あ！）

金属製の水筒の中で溶けた氷が鳴る音だ。

見上げると、たしか竿縁《さおぶち》天井と呼ぶのだったか、細い横木が渡された板張りの天井に、黒ずんだ雨染みが広がっている。

――雨漏りの跡だ。

（いや、けど、なんだってさっきの音が天井から？）

しばらく耳をすませても、それきり音は聞こえなかった。空耳だったのだろうか。

「えっと、念のため」

ズボンの尻ポケットからスマホを引き抜いて、暗視カメラアプリを起動する。爪先《つまさき》立ちになりながら、天井にピントをあわせようとした、その時だった。

「え」

頭の芯がぐらっと揺れた。

目眩《めまい》――だろうか。床が回るような感覚があって、船酔いにも似た吐き気を感じた。急に重心が狂ったように、とっさに踏んばろうとした足がたたらを踏む。気道が狭くなった感じがして、心なしか息も吸いづらい。

(ま、まさか寝不足のせい……じゃないよな)

思い返してみると、大学時代のバイト先で、三徹をキメた先輩が目薬をさそうと上を向いた途端、バタッと倒れたのを見たことがある。自律神経をやられたらしい。

とはいえ、たった一晩ぐらいで――と思うものの、よくよく考えてみると、今夜で二徹目だ。もしかすると自覚している以上に負荷がかかっているのかもしれない。

(えっと、とりあえず落ち着いて)

深く息を吸って吐く。平衡感覚が戻ってくるのを待ってから、そろりそろりとすり足で〈中の間〉に移動した。

聞こえてくる声は、おそらく語り手である芹沢氏のものだろう。

開いた襖から〈前の間〉に踏みこむと、蠟燭の灯りと――皓少年の白い背中が見えた途端、思わずほっと息がこぼれた。

「すみません、遅くなって」

と声をかけるよりも先に、ぱっと皓少年が振り向いた。

おや、と驚いた顔で瞬きをすると、

〈――大丈夫ですか？〉

唇の動きだけで訊ねた皓少年に、じんと胸に温かさが沁《し》みるのを感じる。が、「なんとか」と目顔で頷き返すと、そそくさと隣の座布団に腰を下ろした。

とはいえ、怪談に耳を傾ける余裕もないまま、やがて芹沢氏が五話目を語り終えて、

「さて、ようやく二巡目か……次は三枝さん、お願いします」

言いながら芹沢氏が立ち上がろうとした時だった。

「ねえ、芹沢さん」

呼び止めたのは江入青年だ。
ジ、ジジ、と。
灯心を鳴らす蠟燭の炎に照らされて、ニタリ、口元だけで笑いながら。

「あの話はしないんですかね？　てっきり幕開けに聞けると思って楽しみにしてたんスけど。ほら、先々月の怪談ライブで披露したとっておきのヤツですよ、泣ける系の」

「……なんの話だ」

「やだな、死んだ結花さんが幽霊になって芹沢さんに会いに来たって話ですよ。今夜のこの怪談会って、つまるとこ結花さんの追悼イベントなわけでしょ？　せっかくだから静流さんにも聞いてもらわなくちゃ」

はっと三枝さんの顔が上がった。江入青年をにらむ芹沢氏の目に、冷ややかな警戒の色が滲む。が、どこ吹く風と受け流した江入青年は、ぐるっと一座の面々を見回して、

「怪談そのものは、幽霊になった結花さんが、芹沢さんの枕元に立って『あんなこと言うんじゃなかった。ごめんなさい』って謝って消える――っていう、ヤマなしオチなしな感じなんですけど、実はちょっと面白い噂があって」

わざとらしく声をひそめた江入青年が、スゥ、と息を吸いこんで、

「なんと二年前、廃ホテルの心霊スポットで殺された結花さんは、事件に向かう直前まで、同行者がいたらしいんですね。結花さんの運転する車に乗っていたソイツは、しかし道中で起きた喧嘩《けんか》のせいで現場に着く前に降りてしまった。結果、一人で心霊スポットに向かった結花さんは、運悪く不良どもに殺されてしまったわけです。となると、そもそもの元凶は、その同行者ってことになりますよね？」

朗々とした声で続けた。まるで怪談語りでもしているように。

「もともと不思議だったんスよ。どうして結花さんは、一人で心霊スポットなんかに行ったんだろうって。肝試しって、たいてい誰かと一緒じゃないですか。それも、ふだん怪談と縁のない若い女性ってなると、なおさら不自然でしょ――で、その答えは、怪談師をやってる恋人の取材に同行してたせいだったんですね」

なのに、と江入青年は言葉を継いだ。

意気揚々と、野良猫に石を投げる子供のような、悪意まみれの無邪気さで。

「よりにもよってソイツは、例の炎上騒ぎの間、結花さんが〈自業自得の馬鹿女〉なんて集中砲火をくらってる横で、見て見ぬフリをしてたわけです。直前まで同行してたことがバレたら、今度は自分がバッシングされるってわかってますからね。そうやって自分一人だけ安全地帯に立ったまま〈亡き婚約者のために闘う悲劇のヒーロー〉っていう肩書きで売名に成功したわけです――ですよね、芹沢さん」

まさか、と。

思わず芹沢氏を見ると、怒りと動揺がまじりあった目をしていた。

見覚えがある、と思ってしまった。隠していた罪を暴き立てられた罪人の顔だ。

――過ち、悪行、罪。

かつて目の前に〈以津真天〉の映った鏡を突きつけられた青児と同じように。

「考えてみると、幽霊って便利な存在っスよねー。裁判での証拠とかと違って、いくらでもでっち上げ可能ですもん。怪談っていうのは、あくまで体験者個人の主観なわけですから。でもって黒い噂が流れ始めた途端、ライブで結花さんの幽霊話を披露したってことは、やっぱ批判逃れですよね？　他でもない結花さん自身が謝ってんだから、部外者は口出しするなって。さすがにヒトデナシすぎません？」

熱に浮かされたように早口でまくしたてる顔には、刺々《とげとげ》しい嘲《あざけ》りの色が見えた。

目にも声にも、こめられるだけの軽蔑《けいべつ》をこめて。

「で、なんでそれを俺が知ってるかって言うと、怪談会の打ち上げで芹沢さんがぶちまけたのを俺にリークしたヤツがいるってことです。意外と敵が多いんスよねー、芹沢さん——んで、予定通りなら、今この場で隠し撮りした映像をライブ配信する予定だったんスけど、また後日公開しようかと思います。てことで、芹沢さんから、なにか一言」

沈黙が落ちた。

数分——いや、本当は数十秒もなかったのかもしれない。やけに長く感じられた空白の後、ひとつ息を吐いた芹沢氏が、まっすぐに江入青年を見つめて、

「……言いたいことはそれだけか？」

声には、抑えこまれた怒りがあった。内心の憤りを表すように強く——関節が血の気を失うほどに強く、座卓の上に置かれた拳《こぶし》を握りしめながら。

が、それでもなお、あえて低く抑えた声で、

「言い訳はしない。結花の死は、たしかに俺に責任がある。動画公開でもなんでも勝手にやってくれ。が、お前にこの怪談会を台なしにする権利はないはずだ。まがりなりにも怪談師を名乗るつもりなら、最後まで語り手としての役目をはたせ」

静かな——けれど、肌を裂くような鋭さのある声だった。

ミシリ、と畳を軋ませて芹沢氏が立ち上がる。そして、毅然《きぜん》と背中を向けたその後ろ姿が、襖の向こうへと消えた直後だった。

ドン、と座卓の上に拳を叩きつける音がして、

「まがりなりにもってなんだよ、まがりなりにもって！　そうやって当然のような面で

他人を見下してるからテメェは糞《くそ》だって言ってんだよ！　ああ、くそ、俺の怪談を聞く度に、生ゴミでも見るようなツラしやがって」

目を吊り上げて怒鳴った江入青年の顔は、苦しげなほど真っ赤だった。

（いや、なんていうか……実際に苦しいのかも）

なんとなく、本当になんとなくだが――芹沢氏を罵倒する言葉の裏に、劣等感や鬱憤や不満といった感情が見え隠れしている気がする。

と、不意に。

「……なんにも知らないくせに」

ぼそり、と吐き捨てる声がした。三枝さんだ。

色が白く変わるほど、座卓の上に置いた手をきつく握りしめて、すう、と冷えこんだ顔で江入青年をにらみながら。

「正義の味方みたいな顔して、結局、死んだ人を食い物にして金儲《もう》けしようとしてるだけじゃない。なんにも知らない、ただの野次馬のくせに」

吐き捨てる声には、険しい怒気が滲んでいた。ふはっと小馬鹿にしたように笑い返した江入青年の目つきも、よくない感じにすわっている。

「んじゃ、三枝さんはなにを知ってるって言うんスかね？　だって事件の直前に車の中で喧嘩をして――って話は、芹沢さん本人が情報源なわけっしょ。てことは、例の炎上騒ぎの間中、保身からだんまりきめこんでたのは、動かしようのない事実っスよね」

せせら笑う江入青年に、三枝さんは痛みをこらえるような表情をした。

何か言おうとして口を開き、またすぐ閉じる。もどかしげな顔でネットワークカメラをにらむと、「ああもう！」とじれたように叫んで、

「とにかく知った風な口をきかないで！　私は、ずっと身近であの子たちを見てきたし、就活とか受験とか、結花ちゃんから色んな相談を受けてたの。だから少なくともアンタよりはあの子のことを知ってるつもり。その分だけ、もっとちゃんとできればよかったって……余計なことを言わなきゃよかったって、ずっと後悔してきたけど」

ふと三枝さんの顔が歪むのが見えた気がした。泣き出しそうに。

が、ふう、と小さく息を吐くと、

「そんな私の目から見た事実は、まったく違う。アンタがご大層に並べたてるそれは、事実じゃなくてただの願望。芹沢くんが自分よりもクソ野郎でいて欲しいっていうアンタ自身の。そう言うアンタこそ、正真正銘のクソ野郎じゃない」

まっすぐに、瞬きもしない目で江入青年をにらんで言い放った。

気圧《けお》されたように顔をそむけて、江入青年が舌打ちする。が、形勢不利を悟ったのか、三枝さんに言い返すことはせずに――。

「ねえ、ずっとだんまりきめこんでますけど、アンタの妹の話ですよね？」

次に矛先が向かったのは、ネットワークカメラの向こうにいる静流青年だった。

「ちょっと、いい加減に――」

すかさず遮ろうとした三枝さんに、江入青年もまた負けじと声を張り上げた。ここにはいない誰かに訴えかけるような、そんな声で。

「いやあ、だってこのひと卑怯《ひきょう》じゃないスか？　なんたって結花さんのお兄さんなんですから、立場的に思いきり当事者っしょ。そもそも静流さんは、俺が二ヶ月前に芹沢さんの件でメールを送ったから、この怪談会に俺を呼んだわけですし。なのに当日になったら知らぬ存ぜぬでだんまりって、さすがにおかしいじゃないスか」

え、と思わず声が出た。

脳裏に浮かんだのは、先ほど白翁堂の店内で芹沢氏から聞いた言葉だ。

〈今夜の怪談会の開催について静流からメールがあったのは二ヶ月前なんだが、翌日には夜船老に声をかけさせてもらって——〉

もしもその言葉が正しければ、静流青年が今夜の怪談会の開催を決定したのも同じ二ヶ月前になる。つまり静流青年は、江入青年の暴露メールを読んだ上で——事件の直前まで芹沢氏が結花さんに同行していたことも、ライブで幽霊話を披露したこともすべて知って、その上で今夜の怪談会を開くことに決めた可能性があるわけか。

（その上で江入さんを呼んだってなると、まさかこの怪談会は、もともと芹沢さんを糾弾するための——）

ふっとそんな考えが脳裏をよぎった、その直後に。

〈——決めるのは、僕じゃないよ〉

ぽつり、と。

スピーカーから聞こえた声は、驚くほどに静かだった。黒い水に似たなにかが、じわり、とにじむように、不吉に。

〈芹沢のことは死んだ妹に決めてもらうことにしたんだ、許すのか、許さないのか〉

意味不明な言葉だ。なのになぜか、声に蒼白《あおじろ》い焔《ほのお》が灯ったのが見えた気がした。それこそ青行灯のように。

いや、ただの錯覚だ。わかっている。けれど——。

「あの、それって」

たまらず青児が口を開こうとした時だった。

ふっと視界が暗くなった。

え、と瞬きをして座卓を見る。が、揺らめく蠟燭の炎に変化はなかった。では、なぜ急に視界が暗く翳《かげ》ったかというと——。

「おや、灯りが消えましたね」

皓少年の声につられて頭上を見ると、ぽつんと灯っていた豆電球が消えていた。

すっと音もなく立ち上がった皓少年が、垂れ下がった紐《ひも》をつかんで引く。が、反応はなかった。カチカチ、と何度引っ張っても灯りはつかないままだ。

「えっと、寿命切れですか?」

「さて、蛍光管もつかないようですし、さほど消耗もしていないようですから、可能性は低いかもしれませんね。他に考えられるのは、故障や断線、あるいは――」

「停電……じゃないかしら」

最後の発言は三枝さんだった。

いつの間に席を立ったのか、開いた襖から顔を出して〈中の間〉を覗きこんでいる。

「エアコンの電源ランプが消えてるみたいなの」

「あ、そう言えば、さっき俺が通った時にはついてましたよね」

なるほど、となると離れ全体が停電している可能性が高いわけか。

と、驚くほど近くで叫び声が上がった。

「もしもーし、静流さーん！　聞こえてますかー、もしもーし！」

ぎょっと振り向くと、がしっとネットワークカメラをわしづかみにした江入青年が、マイクに向かって声を張り上げていた。が、どうやら反応はなさそうだ。

「けど、停電って台風とか雷のイメージなんですが、そこまで大雨でもないような」

「さて、漏電かもしれませんね」

はてさて漏電というと？

青児が首をひねっていると、コホン、と皓少年が咳払いをして、

「たとえば雨漏りなんかで天井裏に雨水が入りこむと、濡れた電気配線が絶縁不良を起こすことがあるんですね。たいていは火災や感電をふせぐため、漏電ブレーカーが作動する仕組みになっていると思うんですが」

「あ、そう言えば〈奥の間〉の天井に雨漏りの跡がたくさんありましたよね」

そう頷くと、横で聞いていたらしい三枝さんが、

「分電盤があるのは主屋の二階だから、確かめようがないんだけど」

と前置きして、小さく溜息を吐き出した。

「雨漏りで漏電っていう話は、十分ありえると思う。昔から、とくに〈奥の間〉は雨漏りがひどくて、人見知りする静流くんの代わりに、芹沢くんが修理に立ち合うことが多かったんだけど、最近じゃ業者からも匙《さじ》を投げられてるみたい。漏電火災の心配もあるから屋根を葺きかえるように勧められてるらしいんだけど、気が進まないみたいで」

なるほど、思い入れ深い場所をそのままの形でとどめておきたい気持ちはわかる。が、今ここで火災が発生した場合、仲良く蒸し焼き一択なのは気のせいだろうか。

と。

ドン、と。

突然聞こえた物音に、その場にいる全員が、ぎょっと息を呑んだ。

物音は一度きりだった。聞き耳を立てても、辺りはそれきり静まり返っている。

けれど。

「い、今のって……〈奥の間〉なんじゃ」

さらに言えば、なにか重量のあるものが畳の上に落ちた音に聞こえた。たとえば人がばったり倒れた時のような。

そして、今、〈奥の間〉にいるのは、芹沢氏一人だけだ。

「ああ、くそ、何だってんだよ一体！」

意外なことに、真っ先に動いたのは江入青年だった。素早く立ち上がって〈中の間〉に飛びこむ。一拍遅れて青児が、その後に皓少年と三枝さんが続く。

（うわ、真っ暗）

三枝さんの言葉通り、エアコンの電源ランプの消えた〈中の間〉は、闇と雨音だけを閉じこめた箱のようだった。途中、方向転換した拍子に畳で滑って転びそうになりながら、江入青年の背中を追って〈奥の間〉に駆けこむ。

――静寂と、雨音。

ひたひたと暗闇の充ちた座敷は、〈前の間〉と同じに、頭上の蛍光灯から豆電球の灯りが消えていた。いっそう昏さを増した畳の面に、ぼおっと青い炎を揺らめかせる行灯が一つ。まるで暗い海に浮かんだ灯台のようだ。

そして。

（――鏡？）

文机の上にあったはずの置き鏡が、なぜか畳の上――行灯の手前に置かれていた。背面の支えで自立しているところを見ると、誰かが移動させたのかもしれない。

続いて奥の文机へと視線を移動させた、その直後に。

「え」

一瞬、驚きで心臓が止まった。

が、次の瞬間には、頭から一気に血の気が引いて、逆に動悸《どうき》が速まるのを感じる。

——死んでいる、と思ったからだ。

横倒しになった文机の手前に、芹沢氏が倒れている。

一見して外傷のようなものは見あたらない。なのに死んでいると感じたのは、死人のように瞼《まぶた》を閉じた顔や、だらりと両脇に垂れた腕に、まるで生気がなかったからだ。

「芹沢くん！」

悲鳴の主は三枝さんだった。

その声で正気づいたらしい江入青年が、芹沢氏のもとに駆け寄って、

「芹沢さん、聞こえますか、返事してください！」

肩を叩いて呼びかけたものの、反応はないようだった。

すると江入青年は、すかさず芹沢氏の体を仰向《あおむ》けにして気道を確保すると、喉につまった異物の有無を確認して、脈拍と呼吸を診始めた。

派手な髪色やカラコンからは想像もつかないほど、てきぱきと無駄のない動きだ。

（なんていうか、鳥栖さんを見てるような……っていうか、ふだんから人を助ける仕事をしてる人なのかな）

よくよく思い返してみると、江入青年の怪談は、どれも病院を舞台にしたものばかりだった。となると、現役の医療従事者なのかもしれない。

「意識なし！　脈なし！　呼吸なし！　ＡＥＤは……あるわけねえよなああ、くそ！」

雄叫《おたけ》びのように叫ぶや否や、芹沢氏に馬乗りになった江入青年が、心肺蘇生《そせい》――人工呼吸と心臓マッサージを開始する。

と。

「……あれ？」

奥の暗がりでふらっと白い人影が動くのが見えた。皓少年だ。

文机の陰にかがみこむと、白いハンカチで包んだなにかを拾い上げる。

（うわ、まぶしっ！）

細身の懐中電灯にも見えるそれは、点灯したままになったペンライトだった。

「あの、それって」

「さて、点灯した状態で落ちていた――ということは、芹沢さんのものかもしれませんね。なんにせよ、少しお借りしましょうか」

言うが早いか、江入青年の向かいに膝をつくと、救命処置の邪魔にならないように気をつけながら、ペンライトの仄かな灯りで首筋や指先をチェックし始めた。

やがて。

「窒息――のように見えますね」

ふむ、と顎に手をあてた皓少年が、考えこむ顔でそう言った。

「唇にチアノーゼが生じています。血液中のヘモグロビンは酸素と結合すると赤く、でなければ青みがかった色になりますから、唇が黒っぽい紫色をした芹沢さんは、重度の酸欠を起こした状態に見えますね」

けど、と思わず横から口をはさんでしまった。

「窒息って言っても、喉は詰まってなさそうですし、首を絞められた痕もないような」

「ええ、着衣に争った形跡も見あたりません。となると、呼吸器や心臓の疾患——あるいは毒物の可能性も考えられますね」

毒物——と皓少年が口にした瞬間、ぎょっと三枝さんの顔が跳ね上がった。

が、ただでさえ蒼ざめた顔をさらに蒼くしながらも「さすが夜船さんのお孫さん、探偵みたいね」と呟《つぶや》く声は、意外に冷静なようだった。

「けれど、毒物を口にした可能性は低いと思う。芹沢くんは、万が一にも怪談の途中で席を立つはめにならないよう、自分の番が回ってくるまでなにも口にしない主義だから。さっき私が淹れたお茶にも手をつけなかったみたいだし」

「なるほど、ただ経口摂取でなくても、針で刺されたり、皮膚や目の粘膜から吸収される場合もあるので——今のところそれらしい痕跡《こんせき》は見あたりませんが」

と、三枝さんが考えこむように眉をひそめて、

「ひょっとして喘息が再発したのかもしれない。小学生の頃、芹沢くんは重い小児喘息で学校を休みがちだったって聞いてるから——ただ、中学を卒業する頃には症状も治まって寛解《かんかい》したって話だけれど」

途端、耳によみがえる声があった。三枝さんだ。

〈ごめんなさい。参加メンバーに喘息持ちだった人がいるから、ついつい目くじらを立ててしまって〉

なるほど、あれは芹沢氏のことだったのか。

「ふむ、たしかに肺の成長によっておさまった喘息が成人して再発する例もありますね。発作時の治療薬は、今は持ち歩いてないんでしょうか？」

「ない、と思う。もうずっと服薬の必要もなかったし、そんな予兆も……ああもう！」

と痺《しび》れを切らしたように立ち上がった三枝さんが、畳を蹴って歩き出しながら、

「出入口まで行ってスマホの電波がつながらないか試してくる！　それに、停電に気づいた静流くんが、主屋から様子を見にきてくれるかもしれないし」

そう言った三枝さんの背中に、静流青年を疑う気持ちは微塵《みじん》もない様子だった。

けれど——と内心呟く。頭によみがえったのは、先ほど耳にした静流青年の声だ。

〈芹沢のことは死んだ妹に決めてもらうことにしたんだ、許すのか、許さないのか〉

言葉の意味はわからない。けれど、もしも芹沢氏の今のこの窮状に、静流青年がなんらかの形で関わっているとすれば——。

と、つらつら空回りする青児の思考を遮って。

「くそっ、汗が目に入った！」

舌打ちと共に聞こえた声に顔を上げると、懸命に心肺蘇生を続ける江入青年の姿があ

った。開始から五分も経っていないはずが、すでに顔中汗だらけで肩で息をしている。

(そもそも体格差がありすぎるし、体力的にもキツイよな、絶対)

疲労によって腕の力が弱まれば、胸を十分に圧迫することもできなくなってしまう。

だから。

「あの、よかったら俺が——」

交代します、と続けようとしたところで、皓少年にぐいっと上着のすそをつかまれた。

振り向くと、思いがけず真剣な眼差《まなざ》しをした皓少年が、

「僕が替わります。青児さんは体調がよくないようですから」

心配されている、とわかった。

——してくれている、と。

(なんだか最近、心配したりされたり、そんなことばっかりだな)

皓少年と出会って——包丁を手にした芹那《せりな》に左目を切られて発熱と貧血で寝こんだあの夜より以前は、ろくに心配されたことも、したこともなかったのに。

けれど——いや、だからこそ。

「あの、俺が適任だと思うんで、たぶん大丈——やります」

一瞬、膨れ上がりそうになった不安を抑えこんでそう言った。

中身はどうあれ、まだ身体的に大人になりきっていない皓少年では、疲労困憊《こんぱい》の末に倒れる可能性がある——と考えたことは伏せて。

と、ぽん、と皓少年が背中を叩いた。

信じましたよ、と言うように。

しみじみと沁《し》み入るように思った。それほど温かくも、柔らかくもなくて——けれど、いつも背中を押してくれる手だ。

(——皓さんの手だな)

「あの、江入さん、心臓マッサージを交代させてください。やり方は習ってるので」

青児が声をかけると、江入青年は一瞬、面食らった顔をした。

が、その一瞬後には、疲労から震える手でこめかみを流れる汗を払いのけると、

「正直、助かる」

ずるり、と滑り落ちるように芹沢氏の体から下りた。そのまま傍らに膝をついて人工呼吸を再開する。心臓マッサージ、人工呼吸を二人の救助者で分担する二人法だ。

(えっと、心臓マッサージ三十回につき人工呼吸が二回。胸を押すリズムは、もしもしかめよかめさんよ——だよな?)

鳥栖青年に教わったことを一つ一つ思い出しながら、芹沢氏の胸の真ん中に左右の手の付け根部分を重ねた。肘《ひじ》を曲げないように、両手の位置がズレないように気をつけながら、体全体の力をこめて胸を押しこむ。

鳥栖青年の訓練のたまものか、順調にスタートを切ることができたものの——。

(思った以上にキツイな、これ!)

胸骨の圧迫を三十回くり返すだけで、疲れた手が痺れるように痛くなってくる。体中からいっせいに汗が噴き出して、濡れた髪が頭皮にべったり張りつくのがわかった。

けれど、と思う。

(まだ体が温かい。生きてる人間の体温だ)

冷たい汗でしとどに濡れた胸元は、しかし人として確かな温《ぬく》もりがあった。

──生きている。

そう胸の内で呟くだけで、疲れた両腕に自然と力がみなぎる気がした。

もしも助けられるなら。

それはきっと青児自身にとっても何かの救いになるのではないか。そして護身術の稽《けい》古《こ》をするにあたって、まず真っ先に救命処置を叩きこんだ鳥栖青年にとっても。

(──間に合ってくれ!)

叫びにも似た気持ちを両手にこめて、ひときわ強く胸を押しこんだ時だった。

「うぐっ、ゲホッ、ゴホッ!」

思いきり息を吸いこむ音をたてて、突然体を二つに折った芹沢氏が咳《せ》きこみ始めた。

が、よく見ると頬や唇にも血色が戻り始めている。

──息を吹き返したのだ。

「……よし、脈拍も安定したな」

手首の脈を診た江入青年の声は、極度の疲労でひどくかすれていた。が、汗まみれの顔にはたしかな安堵と喜びがある。

そして。

「お疲れ様です、よく頑張りましたね」

わしゃわしゃ、と皓少年の手が青児の頭を撫でて。

疲労によって意識が霞《かす》んでいくのを感じながらも、震える親指を立ててサムズアップしてみせた青児もまた、きっとよく似た表情をしている気がした。

間に合った。

――助けることができたのだ、やっと。

＊

夢を見た。

真っ暗で、空っぽで、虚《うつ》ろな闇で、ただ青児一人だけが存在している夢を。

何もなくて、誰もいなくて。

歩いても歩いてもどこにも行けず、ただずっと立ちつくし続けている、そんな夢だ。

けれど。

(――心配してるかもしれないな)

一人きりだ、と悟った瞬間、ほとんど条件反射のようにそう思った。きっと今一人でいる皓少年のことを青児が心配なのと同じように。

そして思った。

心配できるようになったんだな、と。

皓少年のことはもちろん、先ほど死にかけたばかりの芹沢氏や、かつての猪子石《いのこし》と同じように、げっそりとやつれ果てていた静流青年のことも。

(つい二年前までは、猪子石や自分自身のことさえ、ろくに心配できなかったのに)

あきらめていた――と言うべきなのかもしれない。

そもそも青児が心配すること自体、なんの意味もなかったのだから。

どうしようもないことや、何もできないことばかりで、誰かに必要とされることも、信じてもらえたことも一度としてなかった。

なのに、今は心配している。

それだけ自分自身を信じることができるようになったということだろうか。何かしたい、できるようになりたい、と、ただ足掻《あが》くようになっただけかもしれないけれど。

と。

ふっと視界に眩《まぶ》しい光がよぎった気がして、ゆっくりと瞬きをした。

真っ白な翅《はね》をした蝶《ちょう》が一匹、ひらり、と。まるで暗闇にあいた穴から、ぽたぽたと光が溢れ出るように、内側から仄かに光りながら。

――皓さん、と。

呼びかけた瞬間、声に色がついた気がして、なぜだか口元がゆるんでしまった。

一人きりの夜道で月がずっとついてきてくれるように——眩しくも、温かくもなくて、けれど確かにそこにある光だ。

が、そっと手をのばそうとした瞬間、なぜか急降下した蝶が、ビシッと翅で青児の額を一撃して——。

＊

——あだっ！

悲鳴を上げて目覚めると、蠟燭の炎に照らされた板張りの天井が目に飛びこんできた。バラバラと小石を撒《ま》くようなあの音は、屋根瓦を打つ雨音だろうか。

あれ、ここはどこだ——とぼんやり考えた矢先に気づく。〈前の間〉だ。

どうやら折り畳んだ座布団を枕にして寝かされているらしい。手足の節々が痛むのは、固い畳の上で眠ったせいか、それとも心臓マッサージをした際に痛めたのか。

よっこらせ、と頭を起こすと、ぼおっと輪郭の滲んだ皓少年の姿があって、

「おや、目が覚めたみたいですね」

いつかの夜と同じように、青児の顔を覗きこんでそう言った。が、その手はなぜかデコピンをきめたポーズで固まっている……ん、デコピン？

「あの、すみません、寝落ちしたみたいで……ただ心なしか額がジンジン痛むような」

「ふふふ、すみません、芹沢氏への心肺蘇生後に突然バッタリ倒れたので、正直心配したんですが、なのに寝顔があんまりスヤスヤと安らかだったのでついカッとなって」

「……いやそんなキレやすい中学生みたいな自白されても」

が、それだけ心配をかけた――ということなのかもしれない。

(俺も皓さんが三日間生死不明になった時、お盆で一発ぶん殴りそうになったもんな)

これでおあいこに――と一瞬思ったものの、よくよく考えてみると未遂で終わった気もするので、もしやデコピンされ損ではないだろうか。

と、なにやら不穏な空気を察したらしい皓少年が、コホン、と咳払いをして、

「さて、先ほど息を吹き返した芹沢さんですが、まだ意識が戻らない様子なので、今は〈中の間〉で三枝さんに付き添ってもらっています」

……うむ、話をうやむやにする気マンマンなのはよくわかった。

「今のところ容態は安定しているようですが、文机で頭を打っている可能性もあるので、なるべく早く救急車を呼んだ方がいいのは確かでしょうね」

「そういえば、倒れた芹沢さんの近くで文机が横倒しになってましたもんね」

位置的に考えて、文机の上の鏡を覗きこんでいる最中か、あるいはその前後で窒息したのかもしれない。怪我をしている様子はなかったけれど、万が一があっては大変だ。

が、何より気になるのは――。

「あの、やっぱり原因は、喘息の再発による発作なんでしょうか？」

そう訊ねると、ふむ、と皓少年が顎に手をあてて、

「だとすると、どうにも違和感がありますねえ。まず発作の予兆がまったくなかったこと。喘息が再発したということは、気管支が炎症を起こしているわけですから、まず咳や痰《たん》などの症状があったはずです。が、芹沢さんにそれらしい症状は見受けられませんでした。それに加えて――」

そこで言葉を切った皓少年が、ふと右手を持ち上げた。片手で自分の首を絞めるように、親指と人差し指で喉をつかむと、

「窒息時のチョークサインですね。窒息によって息ができなくなると、こんな風に無意識に喉をつかむものなんですよ。が、芹沢さんの腕はだらりと左右に垂れたまま、転倒時にとっさに畳に手をつこうとした様子も見受けられません」

「えーと……てことは、つまり？」

「転倒時には、すでに意識を失っていた――それも、窒息による息苦しさを感じる間もなく、一瞬で意識を失った可能性が高いのではないかと」

ごくり、と無意識に喉が鳴った。

ヒューヒュー喉が鳴ってゲホゲホ咳きこむ――という喘息のイメージからすると、芹沢氏の症状はまったく一致しないことになる。そして、もしもそれが誰かの悪意によって仕組まれたことだとしたら、まぎれもない殺人未遂だ。

が、それはそれとして、もう一つ気になるのは——。

「あの、江入さんの本業ってなんですか？」

「准看護師ですね。ご本人いわく、派手な髪はウィッグで、怪談師の仕事はストレス発散兼小遣い稼ぎだそうです。今は〈中の間〉で仮眠中ですが、ついさっきまで〈なんであんなクソ野郎を助けたんだよ、俺は〉って頭を抱えてブツブツうめいてました」

「な、なるほど、お疲れ様です」

わかる——と思ってしまったのは、過去に一度、ショットガンで撃たれた某傲慢《ごうまん》野郎を救助をした経験があるからだ。たとえ普段は〈すみやかに禿《は》げろ〉と念を送っている相手でも、今だって目の前で瀕死《ひんし》になれば……いや、やっぱ鴉にむしられてろ。

（けど、たぶん根は悪い人じゃないんだろうな、江入さんも）

なにせ〈助けなければよかった〉と後悔している今でさえ、芹沢氏の容態急変にすぐさま対応できるよう、同じ部屋で仮眠をとっているぐらいなのだから。人の命を助ける行為が体に染みついてしまっているのだ。

「えっと、ちなみに芹沢さんを目の仇《かたき》にしてるのは？」

「どうも過去に共演した際に、あからさまに他の出演者と違う態度をとられたのが原因のようですね。口ぶりから察するに〈馬鹿にされた〉と感じたようで」

「……目に浮かぶというか、悪気がなくても顔に全部出そうですもんね、芹沢さん」

思うに、江入青年いわく〈意外と敵が多い〉原因も、そこにあるのではないだろうか。

よくも悪くも、外面をとりつくろうことができないタイプだ。そして、そんな芹沢氏を窒息させた犯人がいるとして、現時点で最も疑わしいのは――。

「あの、静流さんって」

と切り出した途端、しぃー、と皓少年が人差し指を唇にあてた。

はてなぜ、と首をひねっていると、

「もしかすると静流さんには、今もこちらの音声が聞こえているのかもしれません」

「え」

ぎょっと皓少年を見ると、その視線の先にはネットワークカメラがあった。

まったく反応がなくなったので、てっきり停電によって電源が切れたものと思っていたのだが、よく見ると稼働中であることを示すＬＥＤランプが点《つ》いている。

「どうも充電式だったようですね。それに加えて、一昔前のＡＤＳＬ回線は停電時でも使用可能ですから、つまり今もなお映像と音声が送信され続けていることになります」

「てことは、本当は通話できるけど、できないフリして黙ってるってことですか？」

「ええ、そうなりますね」

「いや、けど……静流さんのいる主屋も一緒に停電してて、モデムとかの電源が切れたのかもしれないですよね」

「さて、しかしその場合でも、停電によって離れと通信不能になったことを知りながら、様子をうかがいに行くこともせず、あえて放置していることになりますね。しきたりを守る必要があるにしろ、さすがに不自然じゃないかと」

「で、ですよね」

何はともあれ、まずは盗み聞きされないように場所を移す必要があるわけで――。

「……よし、と」

パン、と軽く頬を叩いて気合いを入れる。全身のだるさと節々の痛みをこらえて上体を起こすと、えいやっと弾みをつけて立ち上がった。

「えっと、俺はもう大丈夫なので、その……わっ！」

皆まで言い終わらないうちに、わしゃわしゃ、と皓少年に頭を撫でられてしまった。

そして、笑った。いつかのように。

――いつものように。

「それでは、調査開始といきましょうか」

＊

さて。

とりあえず皓少年と二人で〈玄関の間〉に移動した。本来なら現場となった〈奥の間〉を調査すべきだが、凶器が毒物の可能性がある以上、停電中は足を踏み入れない方がいい――という判断だそうだ。

しんみりと暗闇に沁みこむような雨音の中、スマホのライトで視界を確保しつつ、それぞれの履き物を探して土間に下りる。まずは出入口の施錠を確認すると、格子戸の引き手部分に取りつけられたダイヤル錠は、きちんと鍵がかかったままだった。

逆に言えば、この錠がある以上、中にいる青児たちも外に出られないわけで──。

「えっと、この解錠番号って芹沢さん以外わからないんでしょうか？」

「さて、三枝さんの話だと、このダイヤル錠は今夜の怪談会のために芹沢さんがホームセンターで買ってきたものだそうです。なので芹沢さん以外わからないだろうと」

「あ、なるほど、値札シールが貼ったままになってますね」

なんというかこう、色々な意味でちょい雑な御仁だ。

ちなみに解錠番号は四桁《けた》──となると、案外あっさり解錠できたりしないだろうか。

が、そう考えたのは三枝さんも同じらしく、先ほど青児たちが心臓マッサージをしている間に、結花さんの誕生日や白翁堂の電話番号など、思いつく数字を片っ端から試してみたものの、解錠には至らなかったそうだ。無念。

「けど、出入口って内と外の二重なんですよね？　じゃあ、もしも中の格子戸を解錠できたとしても、外には出られないわけですか」

「ええ、しきたり通りなら、外の漆喰扉にも閂がかかっているはずですね」

「ですよね……あの、天井をぶち破って屋根から出るっていうのは？」

「うーん、瓦屋根ならともかく銅葺きとなると、道具がないと難しいでしょうねえ」

「……ですよね」

他に出入口になりそうな場所は――と考えたところで耳によみがえる声があった。

〈ああ、そうだな。改築の際に明かりとりの窓も塞いでるから、この蔵戸が唯一の出入口になる。つまり百物語が終わりを迎えるまで、離れは出入り不可能になるわけだ〉

もしも芹沢氏のあの言葉が本当なら、内と外の二重に封鎖されて、小さな窓一つないこの場所は、これ以上ないほど完全な密室ということになる。

そして、中から脱出できない以上、外からの侵入も不可能なわけで――。

（てことは、少なくとも怪談会の間、静流さんは土蔵の中に入れなかったわけだよな）

となると、犯人は土蔵の中にいた五人――そのうち被害者である芹沢氏や青児たちを抜いた二人――江入青年か三枝さんのどちらかになる。

――が。

そもそも芹沢氏が倒れてから〈妖怪〉の姿に変わった人物が一人もいないのだ。

となると照魔鏡の判定では、怪談会の参加者五人の中に〈犯人〉はいないことになる。

その上さらに、芹沢氏が〈奥の間〉で倒れた際に〈前の間〉で顔をつきあわせていた四人は、全員アリバイが成立しているのだ。

と、さて、と皓少年が切り出した。

「犯行場所は、土蔵の中にある〈奥の間〉。しかし犯行当時、現場は密室となっていて、犯人と目される人物は中に入れなかった。となると〈遠隔殺人〉になりますね」

「え、遠隔殺人、ですか」

なるほど、怪談会にリモート参加していた静流青年が犯人だとすれば、ネーミングとしてもぴったりな気もする。が、肝心の方法となると――。

「えっと、こう、リモートって聞くと、ドローンとかが思い浮かぶんですが」

「ふふ。いえいえ、現場となった〈奥の間〉にあらかじめなんらかの仕掛けをしておいて、それが作動することで芹沢さんの死を誘発しようとした――と考えるのが現実的ですね。たとえば、指定の時刻にナイフを射出する装置を仕掛けておいて、それによって密室の中で被害者が刺殺されたとします。しかし、その装置を発見できなければ、犯行時に密室の外にいた犯人は、容疑の圏外に逃れることができるわけです」

「なるほど、仕掛け……ですか」

しかし〈被害者を窒息させる仕掛け〉となると、一体どんなものなのだろうか。しかも現場に痕跡一つ残さず、被害者である芹沢氏の体に針跡一つさえつけずに。

と、ふむ、と顎に手をあてた皓少年が、

「まず気になるのは置き鏡の位置ですね。青児さんが〈奥の間〉に入って行灯の灯心を吹き消した時、あの鏡はどこにありましたか？」

「あ、文机の上です。覗きこんだだけで触ってないので、俺が〈奥の間〉から出る時もそのままだったと思います」

「となると、次の話し手である芹沢さんが〈奥の間〉に入った時、置き鏡は文机の上にあったわけですね。けれど停電が起きた後で僕らが〈奥の間〉に駆けこんだ時には、鏡は畳の上にありました――となると、芹沢さんが移動させたことになります」

「……ですよね」

なるほど、と頷く。

青児と入れ違いに〈奥の間〉に入ったのが芹沢氏で、それ以外の三人は全員〈前の間〉にいたのだから、停電までに鏡を移動できたのは芹沢氏だけだ。

「ふむ。先ほど行灯を確認したところ、火の消えている灯心は五本ありました。となると芹沢さんは、灯心を一本吹き消した後に、何らかの理由で鏡を移動させ、それから窒息の症状に襲われたことになります。が、どうして鏡を移動させたかというと――」

そこで言葉を切った皓少年が、ことん、と首を横に倒して、

「ひょっとすると停電が関係しているのかもしれませんね」

「――停電、ですか」

「さらに言えば、停電が起こったこと自体、静流さんの仕業かもしれません」

い、と素《す》っ頓狂《とんきょう》な声が出てしまった。が、主屋にいたはずの静流青年が離れを停電させたとなると、そもそも距離がありすぎるような。

「いいえ、分電盤は主屋の二階にあるそうなので、主屋からリモート参加していた静流さんが、手動でブレーカーを操作することも可能ですね」

「そう言えば、怪談会の最中、静流さんがどこで何をしてたのか、離れにいた俺たちに

は、さっぱりわかりませんもんね」

「ええ、しかし静流さんは、僕たちがどこにいて何をしているか〈前の間〉に置かれたネットワークカメラから推察することできました。つまり芹沢さんが〈奥の間〉に入室したタイミングをみはからって離れのブレーカーを落とすことも可能だったわけです」

な、なるほど。

となると、例の仕掛けが作動したきっかけは〈停電〉にあって、そのために静流青年が離れのブレーカーを落としたのだとすれば——。

（えーと……つまりどんな仕掛けだ？）

考えれば考えるほど、疑問が増えていくのを感じる。

そもそも芹沢氏を襲った窒息という症状が、本当に誰かの悪意によるものなのか、根本的なところが不確かなのだ。それに、もしも静流青年の仕業だとすると、犯行方法の次にわからないのが——動機だ。

「静流さんが犯人だとすると、やっぱり動機は、結花さんのことなんでしょうか」

「ええ、そう思いますね。先ほど江入さんから聞いた話だと、二ヶ月前に一連の噂を入手した江入さんは、すかさず白翁堂にメールで〈密告〉したそうです。が、それきり音《おと》沙汰《さた》もないまま、昨夜になって突然、今夜の怪談会の案内がメールで届いたそうで、これは〈怪談会の最中にライブ配信で暴露しろ〉というお達しだと解釈して、意気揚々と馳《は》せ参じたようです」

「それはそれで人としてどうかと……いや、江入さんがいてくれたお陰で芹沢さんが息を吹き返したと思うんで、結果的によかったんですけど」

これぞ災い転じて福となすだ。江入青年にとっては逆かもしれないけれど。

が、何より気になるのは――。

（じゃあ静流さんは、江入さんのメールを鵜呑《うの》みにしたってことなのかな）

結花さんは、婚約者の取材に同行するために心霊スポットに赴き、しかし芹沢氏が途中で車を降りてしまったために、一人で犯罪に巻きこまれて命を落としたのだ、と。

（言い訳はしないっていう芹沢さんの言葉からして、たぶん事実なんだろうけど）

が、どうも腑に落ちない。そもそもの話どうして結花さんは、芹沢氏が車を降りた後、そのまま心霊スポットに向かったのだろうか。

江入青年の主張する通り、結花さんの目的が〈婚約者の取材に同行すること〉だったなら、なおさら一人で心霊スポットに向かう意味はないように思える。

それに加えて、どうにもわからないのは――。

「あの、幽霊って本当にいるんでしょうか？」

「はて、というと？」

「えっと、芹沢さんが怪談ライブで語ったっていう結花さんの幽霊話って〈幽霊が本当にいるかどうか〉で、だいぶ意味合いが変わってくる気がするんですね」

幽霊は実在しない――そんな前提に立って考えれば、芹沢氏の語った〈結花さんの幽霊話〉は、江入青年の言う通り、自己保身のためのでっち上げだ。

が、芹沢氏の目にした結花さんの幽霊が本物なら、結花さんが死後も芹沢さんと心を通わせている、確かな証《あかし》と言えるのではないか。

と、ふっと息を吐く音が聞こえて。

「いるかいないか、嘘か真実か、白黒はっきりさせることで世の中はわかりやすくなりますが、さほど重要ではないんですね――嘘でもないが正しくもない、そんな言葉を重ねて生きているのが人間ですから」

そう言った皓少年の顔には、仄かな微笑があった。笑っているようで、どことなく淋しそうな、そんな顔で。

「語りは、騙《かた》りです。人は主観に呪われている生き物ですから、言葉として語られた時点で、絶対的な真実にはなりえないんですよ。時には自分自身でさえ真偽がわからなくなることもあるかもしれません。幽霊を見た――と本人は信じていても、夢や幻覚の可能性だってあるわけですから」

だから、と皓少年は言葉を継いで、

「幽霊がいるかいないか、という点は、実は大したことではなくて、本当に大事なのは、その人を信じるかどうかなんです」

その言葉を聞いた瞬間、見えない手で胸をつかれた気がした。

――気づいてしまったからだ。

皓少年のもとで働くことになったきっかけは、青児が〈照魔鏡の力が宿った左目を持っていたから〉だと思っていたけれど――本当は〈妖怪が視える〉と語った青児の言葉を、皓少年が信じてくれたところから始まったのだと。

（それまで誰にも打ち明けてなかったのは、信じてもらえないってわかってたからで）

ずっとそれを当然だと思ってたのに。

「もしも結花さんの幽霊話が静流さんの動機の一つだとすれば、静流さんは芹沢さんを信じることができなかった――あるいは、なんらかの事情によって信じられなくなったのかもしれません。なんにせよ、二人に訊いてみないことには始まりませんね」

しばらくの間、返事をすることができなかった。

「……ですね」

噛みしめるように頷く。

と、ふっと息を吐いた皓少年が、なにかを察したような顔で笑って、

「さて、しかし当座の問題は、停電が復旧するまで〈奥の間〉を調査するのが難しいことですね。それこそ、さっき青児さんが言ったように、ドローンかなにかで写真や映像を撮ってリモート調査できればいいんですが――」

そんな皓少年の言葉を聞いた途端、記憶の底にうずくものがあった。

（えっと、写真や映像で撮って――って、あ！）

――そうだ、写真だ。

「あ、あの、ちょっと待っててください」

あたふたと尻ポケットからスマホを引き抜いて写真フォルダを開いた。ずらっと一覧化された写真の中から、祈るような気持ちで最新の一枚を表示すると——。

（やった、撮れてた！）

表示されたのは、暗視カメラアプリで〈奥の間〉の天井を撮影した一枚だった。

そう、初めて〈奥の間〉に足を踏み入れた青児が、文机の上にあった鏡を覗きこんだ直後、天井からカラカランと異音が聞こえて、念のために記録しておこうと暗視カメラアプリを起動したのだ。

が、シャッターを押そうとした矢先に目眩に襲われ、そのまま撮り逃したとばかり思っていたのだが、すんでに撮影ボタンを押すことに成功したらしい。

そして。

「あ、あの、皓さん、これ」

しどろもどろに説明しつつ皓少年にスマホを差し出すと、まじまじと画面を凝視した皓少年が、小刻みに肩を震わせ始めた。

——ふふふふふ。

一際不吉な笑いに「あ、いつものヤツだ」と察した青児が逃げようとしたところで、

「ぐえ」

皓少年に襟首をつかまれて、これでもかと言わんばかりに、わしゃわしゃと頭を撫で

られてしまった。と、やがて我に返ったらしい皓少年が「おやおや」と見事にボサボサになった青児の頭を手櫛《てぐし》で整えると、

「本当に、青児さんは青児さんですねえ」

例によって、妙に嬉しげな声でそういった。しみじみと噛みしめるように。

それから。

「ただ、僕の目から見て青児さんはずいぶん変わったように思います。嬉しくなるとついつい笑ってしまうたちなので、今夜は何度か笑い死にしかけたんですが——ただ、変わっていくものもあれば、変わらないものもありますね」

と言うと、ぽかんと口を開けた青児に、指を一本立ててみせて、

「僕の考えることを信じるのが青児さんなら、青児さんの見たものを信じるのが僕なんです。だから今回もまた信じようと思います——具体的には、青児さんの聞いたものや写真で撮ったものも含めて、ですけどね」

言いながら笑った。

まるで白牡丹のほころぶような、いつも通りの笑顔で。

「それでは、謎解きを始めましょうか」

＊

かくして三十分後。江入青年を加えた三人で〈前の間〉に顔を揃えたその時、時刻はすでに深夜二時を回っていた。

丑三《うしみ》つ時《どき》だ。

当初は、皓少年と二人だけで片をつける予定だったのだが、ちょうど仮眠から起きたらしい江入青年にかくかくしかじかと一通りの事情を説明した上で、「これから犯人と対決しますが、お気になさらず」と伝えたところ、「んなわけいくかよ、このボサ頭」と同席頂くはめになってしまった。

ですよねー。

ただ〈中の間〉にいる三枝さんと――ひょっとすると芹沢氏の耳にも、これから皓少年の語る声は耳に届くのかもしれない。真相を知った二人の心境を思うと、本来は部外者であるはずの青児まで気持ちが暗澹《あんたん》とするのを感じる。

そして今。

座卓の前には、泰然と座した皓少年の姿があった。

聞くともなしに聞こえる雨音の中、仄白く浮かび上がったその姿は、まるで雨夜に滲んだ月のようだ。あるいは〈怪を語れば怪至る〉という言い伝え通りに現れた、亡霊や怪異の類であるかのように。

と、上下に開いた唇が、ふぅ、と息を吐いて。

そうして語り始めたのだった。ネットワークカメラの向こうにいる、たった一人の聴き手に向かって——その罪を告発するための一人語りを。

「さて、静流さん。聞こえているかどうかわかりませんが、聞こえているものと信じてお話しします」

そんな前置きをして。

囁《ささや》くように。

謡うように。

「一見すると芹沢さんの症状は、喘息の再発による窒息のように見えますね。が、現場となった〈奥の間〉でまず違和感を覚えたのは、文机の上にあったはずの置き鏡が行灯の手前に移動していたことです。しかも背面の支えによって畳の上に自立した状態で。となると誰かがわざわざ移動させたものと考えられます」

そう、その誰かとは芹沢氏以外にありえないのだ。

あの時、江入青年による糾弾を受けて〈奥の間〉へと向かった芹沢氏は、百物語の作法通りに、手前にあった行灯の灯心を一本吹き消した。そして、おそらくそこで停電が起こったのだろう。

その結果として——。

「結果として芹沢さんは、文机の上から鏡を移動させることになったんです。では、それはなぜか——ヒントとなったのはこの写真ですね」

カメラに差し出された皓少年の手には、一枚の写真を表示したスマホがあった。

先ほど皓少年に頭がボサボサになるまで撫で回される原因になった一枚――カラカラン、と天井から奇妙な音が聞こえたあの時に、暗視カメラアプリで撮影したものだ。

撮影場所は、文机の手前――ちょうど正面に置き鏡が来る位置だ。写真に写っているのは、雨漏りの染みが広がった竿縁天井。そして、その天井板の一枚に――。

「天井板がズレて隙間ができているのが見えますか？　ほんの一センチにも充たない隙間ですから、肉眼では気づけなかったと思います。では、この隙間はなにかと言うと、おそらくは雨漏りの補修をするために修理業者が天井にあけた点検口なんです」

――説明によると。

竿縁と呼ばれる細い木材の上に、天井板を並べた〈竿縁天井〉は、板の継ぎ目をとめている釘《くぎ》を抜きさえすれば、天井板を横にスライドさせる形で開閉可能だそうだ。

雨漏り修理を請負った業者は、そうしてできた四角い穴を出入口にして、天井裏の補修を行っていたのだろう。そして、静流青年の代わりに修理に立ちあったという芹沢氏は、当然、その位置を把握していたことになる。

「加えて、倒れた芹沢さんの近くには、点灯した状態のペンライトが落ちていました。これらの情報を総合すると、一つの答えが見えてくるんですよ――停電に気づいた芹沢さんは、まず机の上にあった置き鏡を行灯の前まで移動させた。そして、文机を踏み台代わりにして、ペンライトを手に天井裏を覗こうとしたんです」

おそらくは、あらかじめ置き鏡を行灯の前に避難させることで、文机の上にのった振動で落下したり、暗闇の中で踏み割ってしまうことを避けたかったのだろう。

では、なぜそこまでして天井を覗こうとしたかというと――停電したからだ。

「おそらく芹沢さんは、突然停電が起こったことで、漏電による火災が起こっていないか、その目で確認しようとしたんだと思います。〈奥の間〉の雨漏りに悩まされていた芹沢さんは、屋根の葺き替えをすすめられていた修理業者から、漏電火災の危険性を指摘されていました。たとえ漏電ブレーカーが作動しても、すでに火種が撒かれた状態であれば、そのまま出火する危険がありますから」

仲良く蒸し焼き――というイメージが芹沢氏の脳内にあったかどうか不明だが、責任者の立場にあった芹沢氏としては、確認せずにはいられなかったのだろう。

が、その結果として。

「先ほど確認したところ、天井板にはこの写真よりも五センチほど広い隙間があいていました。おそらく芹沢さんの手で開けられたものと思われます。ペンライト片手に文机の上にのぼった芹沢さんは、そうして天井板を開こうとしたところで――」

窒息したんです、と結んだ皓少年に、すさかず江入青年の顔に疑問符が浮かんだ。

「いや、ちょっと待った」

と制止の声を上げると、

「停電が起きて、芹沢さんが天井裏を覗こうとしたってのはわかったけど、それでどうして窒息するんだよ。まるで天井裏に毒ガスでも充満してたみたいに」

「ええ、充満してたんですよ、窒素ガスが」

皓少年のスマホを操作すると、二枚目の写真が表示された。

つい先ほど青児が〈奥の間〉で撮影した一枚だ。物置で見つけた矢筈《やはず》にスマホをくくりつけて、襖の隙間からそろそろと差し入れてタイマーで撮影する――という、なんとも危なっかしい撮影方法だったが、どうにか一枚撮影することができた。

写真には、文机の手前――その頭上に開いた天井板の隙間が写っている。そして、その奥の暗がりに置かれたある物体が。

「なんだよ、これ……魔法瓶か？」

と呟いた江入青年の反応に、思わず青児は「ですよね」と頷いてしまった。

ぱっと見た感じ、ステンレス製の魔法瓶にしか見えないのだ。それも蓋《ふた》が開けっぱなしの。が、その正体はというと――。

「デュワー瓶ですね。少量の液体窒素を運搬・保管するための専用の容器です。もともと中の気体を逃すために、完全には蓋が閉まらない構造になってるんですが、この写真に写っている瓶は、わざと蓋を外してありますね」

ちなみに皓少年の説明によると――。

なぜ密閉NGかといえば、なんと沸点がマイナス一九六度の液体窒素は、常温ではつねに沸騰している状態になるそうで、となると、それによって気化した窒素ガスを放出し続けていることになり、その体積はなんと液体の約七〇〇倍になる。

つまり気体を外に逃がさないと爆発するのだ。

（ていうか、ただの危険物だよな、普通に）

が、それ以上に恐ろしいのは――雨漏りのひどい〈奥の間〉の天井裏に、あえて蓋を外した状態でデュワー瓶が置かれていたことだ。となると当然、中の液体窒素に、ぽたぽたと雨水が落下することになるわけで――。

「瓶の中に雨水が落ちると、そのつど液体窒素は激しく沸騰して、いっそう窒素ガスを放出することになります。青児さんの証言によると、芹沢さんが倒れる前にも、カラカランと天井から異音が聞こえていたそうで、つまりそれは、液体窒素で凍った雨水がデュワー瓶の中で暴れる音だったんですね――となると〈奥の間〉の天井裏は、その頃から窒素ガスでいっぱいの状態だったと考えられます」

そう、そして天井を撮影しようとした青児が、急激な目眩に襲われた理由もまた、この窒素ガスなのだ。具体的には、顔を上向けて爪先立ちになった結果、天井板からもれた窒素ガスを吸いこんだからで――つまるところ窒素ガス中毒だ。

と、そこで江入青年からストップがかかった。

「ちょ、ちょいまち！　天井裏がそんな状態だったら、当然〈奥の間〉にも窒素ガスが漏れてるはずだろ。けど、行灯の火だって普通に燃えてたし、俺だって〈奥の間〉に長時間いたのに、体にはなんの影響も――」

「さて、窒素ガスは空気よりも軽いので、天井近くに溜まった状態になるんですよ。だから畳の上に置かれた行灯にはなんの影響もなかったんですね。ちなみに江入さんと三枝さん、そして僕の体調に影響が出なかったのは、ごく単純に背が低いからです」

ですよね、と頷きそうになって慌てて止めた。

まさか心の声が聞こえたのか、ぎろっと横目で青児をにらんだ皓少年が、コホン、と一つ咳払いをして、

「つまり芹沢さんが窒息を起こした原因は〈大気性低酸素症〉――いわゆる〈酸欠〉だったんですよ。脳はとくに酸素消費量の多い器官ですから、窒素ガスを一瞬吸っただけで、酸素濃度の低下による一時的な機能停止を引き起こしてしまうんです。結果、息苦しさを感じる間もなく、一瞬で意識を失ってしまいます」

そう、なにより恐ろしいのは、窒素ガス自体には毒性がないにもかかわらず、高濃度のガスが天井裏に充満することで、一呼吸で窒息を起こす〈殺人ガス〉と化してしまうことだ。それに加えて――。

「巧妙なのは、芹沢さんに小児喘息の病歴があったために、死因が窒息と判明しても、まず喘息の再発が疑われることですね。たとえ遺体が司法解剖に回されても、警察にわかるのは〈血中酸素濃度が極端に低下している〉という事実だけですから、あとは隙を見てデュワー瓶を回収してしまえば、犯罪の痕跡はどこにも残りません」

つまり皓少年の言う遠隔殺人のための仕掛け――密室の外にいながら中にいる被害者を窒息させる方法――とは、百物語怪談会の会場となったこの離れそのものだったこと

になる。だからこそ青児の目には静流青年の姿が〈青行灯〉として映ったのだろう。

「怪談会が始まる直前、静流さんは〈ステンレス製の魔法瓶のようなもの〉を手に離れに入っていく姿を目撃されています。おそらくその時に〈奥の間〉に入って、天井裏にデュワー瓶を仕掛けたんでしょう。あとはネットワークカメラで怪談会の様子をうかがいながら、芹沢さんが〈奥の間〉に移動したタイミングをみはからって、離れのブレーカーを落とせばよかったわけです」

そう、そうして停電を起こせば、漏電火災の心配をした芹沢氏が必ず天井裏を覗くと静流青年にはわかっていたのだ、なにせ幼馴染みなのだから。

「しかし、どうにも不可解なのは——」

と皓少年が言葉を継ごうとした、その時。

パン、と襖が開いた。現れたのは〈中の間〉で芹沢氏に付き添っていたはずの三枝さんだ。ぎゅっと唇を引き結んだ顔で皓少年のもとに歩み寄ると、

「写真を見せて。デュワー瓶が写ってるヤツを」

無言で頷いた皓少年が、三枝さんの手にスマホを渡す。すかさず画面に目を落とした三枝さんの顔が、不意にくしゃりと歪んだ。

下唇を嚙みしめたその顔は、こみ上げる怒りを抑えているようにも——あるいは今にも泣き出しそうな表情にも見える。

「このデュワー瓶は、白翁堂にあった先代の遺品だと思う。本来なら老人性イボの治療

のために皮膚科に通う必要があったんだけど、人と顔をつきあわせるのを先代が嫌がって……それで自宅で液体窒素療法ができるようにって、静流くんが」

声は湿って震えていた。

——涙で。

「デュワー瓶を買ったのも、ガス会社から液体窒素を取り寄せたのも、ぜんぶ静流くんで。芹沢くんは『あんまり年寄りを甘やかすなよ』って笑って……けど後で『爺《じい》さん以上の人嫌いのくせに、結局アイツは一番身内に優しいんだよ』って静流くんのことを」

なのになんで、と。

訊ねかける声は、叫び声にも聞こえた。

なんで殺そうとしたのか、と。なにかの間違いであって欲しい、と祈りにも似た気持ちを隠しきれないままで。

と、そこで皓少年が口をはさんだ。

「さて、なぜ——と訊きたいのは僕も同じですね。どうして静流さんは、芹沢さんを殺そうとしたにもかかわらず、死なせようとしなかったのか」

え、と三枝さんが目をみはる。が、皓少年はネットワークカメラを——レンズの向こうにいる犯人だけを、ただまっすぐに見つめて、

「まず疑問に思ったのは、停電のタイミングです。単純に考えれば、天井裏の窒素濃度が上がれば上がるほど——時間が経てば経つほど、芹沢さんが窒息死する可能性が高ま

ることになります。なのに静流さんは、よりにもよって百物語の一巡目にあたる二十五話目でブレーカーを落としてるんですね」

それに、と皓少年が言葉を続けて、

「なにより不可解なのは、准看護師の江入さんを怪談会に呼んだことです。怪談の内容から考えて、現役の医療従事者であることは一目瞭然《いちもくりょうぜん》だったでしょうに」

その通りだ、と青児は心の中でうなった。

(江入さんがいてくれて心底よかった――って思ったってことは、もしも江入さんがいなかったら、芹沢さんが死んでたかもしれないってことだもんな)

そして、江入青年を呼んだのが静流青年だとすると――犯人である静流青年が、被害者である芹沢氏の命を間接的に救ったことになる。

と、唐突にスピーカーが震え出して、

〈――いいや〉

こぼれた呟きは雨だれに似ていた。冷え冷えと、まったく体温を感じさせない声で。

どこか暗い処から落ちてきたかのように、ぽつりと。

〈芹沢を死なせなかったのは僕じゃない、死んだ妹だよ〉

そうして静流青年は語り出したのだった。

今夜の怪談会に至るまでの――呪いと幽霊にまつわる話を。

＊

はたして幽霊は本当にいるのだろうか。

思えば静流の人生には、つねにそんな疑問がつきまとっていた。

白翁堂の書物によれば、一八三〇年代にフランスの精神科医ジャン＝エティエンヌ・エスキロールが〈幻覚〉という言葉を定義づけるまで、精神病や薬物、あるいは脳の障害によって生じる幻覚は、ただ〈亡霊〉と呼ばれるものだったそうだ。

では物心からついた頃から、静流の視界に存在した〈ナニカ〉とは一体何だったのだろう。ランドセルを背負って通学路を歩けば、手足や首の骨が折れて四《よ》つん這《ば》いになった、真っ黒な影のような〈人らしきもの〉にしょっちゅう後をつけられた。毎日校門で挨拶する校長先生は、胸の辺りからにゅっと犬の生首が生えていて、両目を釘で潰されたそれが、ウウ、とうなる度に顔色がどす黒くなっていき、やがて休職してしまった。

見えてはいけないもの――というのが母の下した結論だった。

そして母はSNSを通じて知り合った霊能者や占い師に片っ端から泣きついては、静流を引きずって〈治療〉や〈お祓《はら》い〉にくり出し、それでもなお静流が〈見えないはずのもの〉を目で追い、〈聞こえないはずのもの〉を聞いて立ち止まる度、叱って叩くことで、それが現実ではないことを教えこもうとした。そうした躾《しつけ》をくり返す度に「なんで私がこんな目に」と泣きじゃくる母の腕には、たいてい〈普通の子〉である妹がいて、母と兄を見つめるその目はつねに涙で潤んでいた。

——お母さん、かわいそう。

——お兄さん、かわいそう。

が、本当にかわいそうだったのは、妹が生まれた直後に母と別居して、離婚調停を申し立てたまま死んでしまった父かもしれず、通夜も告別式も行われないまま火葬に回された遺体は、骨上げもされずに火葬場で処分された。

そして、まるで骨壺《こつつぼ》の代わりのように白翁堂にひきとられた静流は、祖父と暮らし始めた七歳の頃から、かわいそうな子供ではなくなっていった。〈見えてはいけないもの〉が次第に見えなくなっていったのだ。

あれほど幽霊がひしめきあっていた日々の記憶は、祖父の好物だった焼き魚の匂いや、読書をしながら茹《ゆ》でるせいでつねにのびていたうどんや素麵《そうめん》、学校帰りに白翁堂に駆けこむ芹沢の騒々しい足音や、下手くそな字で大学ノートいっぱいに書き集められた怪談、店番をする子供たち二人に、こっそりお菓子の差し入れをする三枝さん——といった思い出の集合へと変わっていき、やがてそこに妹の姿も加わった。

母の過干渉に耐えきれず、家出同然に家を飛び出したという妹は、祖父の援助を受けて大学に進学した後、学生の頃からのバイト先だった学習塾に就職した。

そして祖父が肺炎で亡くなったその年、芹沢のプロポーズを受け入れたようだった。

幸せになるのだと思っていた。

――普通に。

なのに今。

静流の頭の中は、一つの疑問で埋めつくされている。


――呪いは本当にあるのだろうか？


きっかけは妹が殺されたことだ。

あまりに突然の死は、通夜や告別式を終えた後も、ひどく悪趣味な冗談にしか思えず、どうしてこんなことになったのか、考えることをやめられなかった。

ふとした拍子に妹のことを思い出すと、その一つ一つが涙に変わる。同時に、汚水を吸った綿のように黒く濁ったなにかが胸底からわき出すのがわかった。

おそらくそれは、加害者である少年たちへの怒りと憎しみ、そして妹の死を〈自業自得だ〉と非難した人間たちに対する恐れと憤りだったのだろう。

婚約者の立場にあたる芹沢は、報道や裁判を通して犯人や世間に立ち向かおうとしていたけれど、〈生前の結花を知って欲しい〉とか〈加害者に厳罰を与えて欲しい〉とか、そんな何もかもが静流には蛇足としか思えなかった。

ただ、死んでくれればいいのに――と思うだけだ。一人残らず、全員に。

妹の死から一年後、静流のもとに手紙が届いた。

――呪いの手紙。

今でも、それ以外の呼び方を思いつけない。それは封筒につめられた一握りの髪の束で、長くてまっすぐな黒髪は、よく見ると血の滲んだ毛根までついていた。

妹のものだ、と思ったのは、それが死体の一部に見えたせいかもしれない。そして同封された便箋《びんせん》には、殴り書きのような毛筆の字でこう書かれていた。

――お前のせいだ。

――呪ってやる。

以来、頭の一部が麻痺《まひ》したような、現実の箍《たが》が外れてしまった日々が続いている。

呪われたのだ、誰かに。

始まりは、白翁堂にかかってきた無言電話だった。もしもし、と呼びかけてもなんの反応もない。なのに切っても切っても数分経つとまた鳴り始める。そんなことが日に十数回ほどくり返されるようになって、ついには電話線を抜いてしまった。

――かわいそうに。

最後に受話器の向こうから聞こえたのはそんな一言で。まるでそれが予言であったかのように、静流の体調は悪化の一途を辿っていった。

起きていても寝ていても、妙な耳鳴りがする。

悪寒と微熱、倦怠《けんたい》感に苦しむ日々が続き、かかりつけの医師に風邪薬を処方されたものの、一向に症状が改善しないまま、やがて吐き気と胃痛が加わるようになった。

「最近、お顔の色が悪いようだけど、ご不幸があったんですか？」

道を歩いていると、決まってそんな言葉をかけられるようになった。これまで見知らぬ誰かに話しかけられることなど決してありはしなかったのに。

幼い子供を連れた母親、首にタオルを巻いた野良着の老人、ツナギ姿の若者——どれも知らない顔のはずなのに、全員が哀れみと親しみを眼差しにこめて。

「死相が出ていますよ」

「かわいそうに、不幸な顔をしているのね」

なぜ、と胸の内側で喘《あえ》いだ声は、ただ指先の震えに変わった。自然、外に出るのを避けて一日の大半を半病人のように床の上で過ごすようになる。

——誰が、なぜ？

そうこうするうちに店先に動物の死骸《しがい》が置かれ始めた。口から血を流し、四つ足を燃やされ、刃物で首を切り落とされた、鳥、蛇、狸——しかし通報でやって来た警察官は「今後、見回りを強化します」と慰めにもならない一言を口にするだけだった。

誰が、なぜ——この疑問が解けない限り、警察でさえ打つ手はないのだ。

——ごめんください。

ぞくっと寒気を覚えて顔を上げると、店先の格子戸をおおった日よけのカーテンの向こうに誰かがいて、薄らぼんやりした影は髪の長い女性のようだった。かと思うと、影が増えた。一人が二人、二人が三人――布越しにくぐもった声は、複数の人間が口々になにかしゃべっているらしかった。

――もうすぐ死んでしまうよ。

――お葬式は、こちらですね。

――かわいそうに。

なぜ、なぜ、なぜ――考えれば考えるほど、すべてが模糊《もこ》とした霧の彼方《かなた》に霞んでしまって、もはや確信をもって言い切れることなど何一つなかった。

ずっと出口のない箱に閉じこめられているようで、息苦しいのに深く呼吸することができない。何より恐ろしいのは、たった今目にしているものが現実か幻か、それすらわからなくなっていることだ。もしも幼い頃に目にした〈幽霊〉が、母親との精神的な軋轢《あつれき》から生じた幻覚だとしたら、呪いの手紙から始まった一連の出来事もまた、正気を失いつつある自分の頭が生み出した妄想なのではないか、と。

だから芹沢を遠ざけた。頭が変になりつつあることを悟らせないために。

――一人で死ねるように。

白翁堂に一本の電話がかかってきたのは、そんな折りのことだった。

「呪いとは、つまり罰でもあるんですね」

声の主は、探書依頼を受けた客の一人だった。呪いの――とくに蠱術《こじゅつ》に関する書物を蒐集している女性研究家。ゆるゆると頬を撫でる手のように秘やかな声は、まるで年端のいかない少女のようで、囁く度に耳元で冥《くら》い花が咲くようだった。

「人が人に下す罰。だから、呪いをかける側には、心のどこかに裁く側としての〈正しさ〉があるんです。自らを苦しめ、傷つけ、辱めた相手を死よりも惨《むご》い目にあわせてやりたい、神仏に代わって懲らしめたい――そんな想いが、この世に呪いを生むんです」

現《うつつ》とも夢ともつかない暗闇の奥、ただ声だけで微笑みながら。

「この世で悪を為《な》した者に、せめて死後に罰を与えて欲しい――そんな人の望みから生まれたのが地獄であり、鬼だとすれば、〈生きながら地獄に堕として欲しい〉という願いが生まれるのもまた自然ですね。けれど、鬼も地獄も、人のためには人を裁かない。だからこそ人は〈怪猫《かいびょう》〉や〈犬神〉といった人ならざるものたちに怨みや妬みを託してきたんです。しかし、人が人として人を罰する法もある――それが呪いです」

では、と胸中で呟いた。お前のせいだ――と糾弾していたあの呪いの手紙の差出人は、一体なにを罰そうとしているのだろう。

が、まるで心の声を読んだかのように「いいえ、いいえ」と声がして、

「呪いは、怨み、妬みによって生じたものとは限らないんですね。人は主観に呪われた生き物ですから、自分の欲しいものを他人が持っている、というただそれだけで人を呪うこともできるんですよ。現に呪い屋、拝み屋、祈禱《きとう》師の間では、多額のお布施を受けとって、商売敵や競争相手を加持祈禱によって呪殺する――そんな依頼もはびこってい

るわけです。そう、たとえば、あの手紙の差出人である芹沢さんのように」

馬鹿な、と喉から声が出た。それだけはありえない。差出人が、よりにもよって芹沢なんてことは。

そう思うのに——。

「ねえ、静流さん。きっとアナタの書いた遺言書には、白翁堂の一切をあの人に譲ると、そう書かれていますよね。それが芹沢さんの狙いです。子供の頃から憧れていた白翁堂の店主になること——欲しくて欲しくてたまらないものを手に入れること」

囁く声が、くすぐるように耳朶《じだ》を撫でて。

何より心底ぞっとしたのは、まさに今、静流の懐に遺言状があることだった。

白翁堂の権利の一切を芹沢猛にゆずる、と。

たった一つ、その手で握りしめていた宝物を、別れ際に手渡そうとする子供のように、そんな祈りにも似た気持ちで。

「お疑いなら、あの夜、結花さんに同行者がいなかったか調べてみてください。本当は誰のせいで殺されたのか、きっとわかると思いますよ」

直後に喉が震えたのは、気づいてしまったせいだった。

考えがすべて顔に出る、というのが芹沢の確かな短所であり、長所で。

どうして妹は一人で心霊スポットに向かったのか——と静流の口からそんな疑念が口をついて出る度、なぜか答えをはぐらかそうとする芹沢の態度に、何かを隠していると感じた瞬間が度々あったことを。

それきり、電話の声は途絶えて。

江入からメールが届いたのは、その夜だった。誰が、なぜ――という疑問に、答え合わせをするかのように。

＊

それで、と。

息がつまるような沈黙の中、真っ先に口を開いたのは皓少年だった。

「アナタは、その電話を鵜呑《うの》みにしたわけですか。芹沢さんこそが呪いの根源だと」

〈……いいや〉

予想外の返答に、え、と喉から息が抜けた。

てっきり電話の話を信じたからこそ、芹沢氏を殺そうとしたのだと思ったのだが。

〈もう何も信じられなかった。なにが本当で、なにが嘘か。どれが現実で、どれが妄想か。もう考えたくなかったんだよ。あの電話が幻聴だとしても、それを見抜くことは僕にはできない。この白翁堂で培った思い出が――僕の知っている芹沢が、僕の中にしか存在しない幻だと言われても、否定できないのと同じように。信じることも、疑うことも、もう疲れたんだ。ただ考えることをやめたかったんだよ〉

ああ、そうか——とやるせない気持ちで青児はうめいた。

〈静流さんは芹沢さんを信じることができなくなった——あるいは、なんらかの事情によって信じられなくなったのかもしれません〉

皓少年の口にしたあの言葉は、どうしようもなく正しくて、同時に間違っていたのかもしれない。おそらく静流青年が信じられなくなったものは、芹沢氏自身ではなくて、芹沢氏のことを信じていた自分自身なのだ。

〈だから妹にゆだねることにしたんだ。もしも妹の幽霊が実在するなら、きっと今夜この場に来ているはずだと——芹沢に生きて欲しいと願っているはずだと思って。それで停電を起こすタイミングを《芹沢が結花の名を口にした時》に決めたんだ。アイツを生かすのか死なせるのか決めてもらうために〉

振り返ってみると——今夜の事件には、いつくかの偶然が関わっているのだ。

停電の起こるタイミングが早くなるか、遅くなるか。

准看護師の江入青年が、怪談会に出席するか、欠席するか。

倒れた芹沢氏への応急処置が成功するか、失敗するか。

それらの不確定な要素すべてが、芹沢氏を〈生かす方向〉に向かった場合、それは結花さんの意思が介在した結果だと考えて——その結果を見届けるために、静流青年はこの怪談会を開いたということか。

けれど。

違う、と直感的に否定したくなったのは、結局、そのすべてを実行したのが静流青年だからだ。江入青年に怪談会の案内を送ったのも、離れのブレーカーを落としたのも。たとえどんな理屈で否定しても、それは静流青年自身の意思ではないのだろうか。

(結局、芹沢さんを信じたい、生かしたいっていう気持ちを、静流さん自身が見失ってるだけのような)

が、それをどう伝えるべきかわからずに焦っていると。

「さて、アナタの理屈通りなら、芹沢さんは見事に生き残った——亡くなった結花さんに許されたことになります。それでアナタは、これから一体どうするつもりですか?」

そう皓少年が問いかけた、その直後だった。

「わっ」

突然ぱっと視界が明るくなって、青児はしぱしぱと瞬きをした。

蠟燭の薄明かりに慣れた目には、まるで白い光の爆発だ。

手で庇《ひさし》をつくって見上げると、蛍光灯の輪っかが光っている。停電が回復したのだ。

それはつまり静流青年が、離れのブレーカーを上げたということで——。

〈いずれ雨がやめば、携帯の電波がつながると思うので、それで助けを呼んで離れの外に出てください——僕はいなくなるので〉

凪《な》いだようなその声に、ひやっと背筋が冷えるのを感じた。不吉な予感にかられて、ごくり、と唾を呑みこむ。

「──ま」

待った、と言いそうになったのは、猪子石の顔が思い浮かんだからだ。

〈最後にお前と一緒にパーッと呑めないかと思って〉

そう言って笑ったあの時の──すでに死ぬことを決めてしまっていた、あの笑顔が。

「まさか死ぬ気じゃないですよね？」

握った拳に力をこめて訊ねると、はっと三枝さんが息を呑んだのがわかった。

ネットワークカメラに反応はない。けれど、その沈黙は限りなく肯定に近い気がして、どうにか青児が言葉を絞り出そうとした時だった。

「待って、静流くん」

ざらり、と畳を擦る音がをたてて、三枝さんが座卓の前に座った。すがりつくようにネットワークカメラをつかむと、

「芹沢くんのせいじゃない。結花ちゃんが殺されたのは私のせいなの──私が結花ちゃんに、結婚を機にお母さんと仲直りした方がいいって言ったせいで。なんにも知らない他人のくせに、考えなしで、無責任に」

声は、かすれて震えていた。

嗚咽《おえつ》をこらえる息づかいで。けれど、必死に泣くのをこらえたまま、目の縁を赤くして洟《はな》をすすると、

「墓参りの代わりに、お父さんの死んだ場所、死んだその時間に花を供えて欲しいって、

それがお母さんの出した復縁の条件だったの――お父さんは二十一年前にあのホテルで起きた火災で、不倫相手と一緒に焼け死んだからって」

え、と喉から声が出た。

同時に思い浮かんだのは、鳥辺野さんから送られてきた調査資料だ。

（たしか結花さんが殺害された心霊スポットは、二十一年前に火事が起きた廃ホテルで、犠牲者の氏名は遺族の意向で非公表だって）

なるほど、その遺族が結花さんの母親だったのか。

納得したのと同時に、頭の片隅にあった違和感がすとんと腑に落ちた気がした。

芹沢氏と喧嘩別れした結花さんが、一人で心霊スポットに向かった理由だ。つまり亡き父の墓参りだったわけで、芹沢氏はあくまで同伴者だったことになる。

「実は、お母さんから出された復縁の条件はもう一つあって、静流くんを結婚式に呼ばないで欲しいっていう話だったの。結花さんは、お母さんの条件を呑む気でいたんだけど、芹沢くんが猛反対して――それで車内で言い争いになって」

そもそも芹沢氏は、結花さんと母親の復縁に否定的だったらしい。

実母と婚約者の間で板ばさみになった結花さんは、そうとうナーバスになっていたようで、ふだんなら決して口にしない言葉を口にしてしまったそうだ。

――そもそも母さんの頭がおかしくなったのは、兄さんのせいじゃない。

――あの人が幽霊なんて見なければ、誰も不幸にならずにすんだのに。

「それがきっかけで芹沢くんは車を降りたの——今は一人にして欲しい、これ以上ひどいことを言って自分を嫌いになりたくないって結花ちゃんの言葉を受け入れて」

三枝さんの顔が、崩れたようにぐしゃりと歪む。その顔の半分を片手でおおって、

「けれど、まさか一人であんな危険な場所に行くなんて思わなかった。芹沢くんも、そのことをずっとずっと悔やんでて、お酒が入る度に自分を責めて」

なるほど、と。

やるせない気持ちで青児は頷いた。

その呑みの席に居あわせた誰かが江入青年にリークしたのだろう。結果、密告メールの形で静流青年のもとに届くことになったのだ。それも最悪のタイミングで。

(けれど、芹沢さんが静流さんに打ち明けてれば、こんなことにならなかったんじゃ)

とは思うものの、芹沢氏もまた静流青年のことを信じきれなかったのかもしれない。

なぜなら芹沢氏の目に映っていた静流青年の姿は、きっと——。

「芹沢くんは、静流くんにだけは喧嘩の件を打ち明けるわけにいかないって思ってたみたい。もしも喧嘩の原因が自分だってわかったら、ただでさえ半病人みたいになってる静流くんが、結花ちゃんの後を追うんじゃないかって——」

苦しげに吐き出した三枝さんは、二度、三度と息を吸うと、

「結花ちゃんの幽霊が本当にいるかどうか私にもわからない。芹沢くんが見た夢かもしれないし、思いこみかもしれない。けれど、幽霊になった結花ちゃんが口にした〈あん

なこと言うんじゃなかった。ごめんなさい〉っていう言葉は、静流くんに向けたものだったの——残されたお兄さんのことが心配で、アナタに生きて欲しくて。それは芹沢くんも、私も同じ気持ちで、だから——」

死なないで、と震える唇で結んだ、その直後だった。

——静流、と。

呼び声がした。弱々しくかすれた、病人の声だ。

見ると、いつの間にか起き出したらしい芹沢氏が、襖をつかんで立っていて。

足元をよろめかせながらも——それでもまっすぐに座卓に歩み寄ると、崩れ落ちるようにネットワークカメラの前に膝をついた。

そして深く息を吸いこんで口を開くと、

「なにを言ってもお前が信じられないなら、もうなにも言わない。ただ、これからお前がどこに行こうとついて行くから、そのつもりでいろ」

腹から絞り出すように言った。今にも止まりそうなほど、不規則に荒い息をして。

けれど、声一つで頬を張り飛ばそうとするように。

「一人で死ねると思うな」

その言葉を最後に沈黙が落ちた。

二分、三分——。

ただ静寂が過ぎていく中、ガチャン、となんの前触れもなく金属音がした。低く重いあの音は、漆喰扉を引き開ける音だろうか。

そして。

——空気が、動く。

外からかすかに吹きこんだ風が、ふっと蠟燭の炎をかき消して、白い煙が座卓の上にたなびくのが見えた。まるで百の灯心の最後の一本を吹き消した、その一瞬のように。

——静流、と。

呼びかけに応える声は、たった今開かれた蔵の扉の向こうから聞こえた。

ここにいるよ——と、ただ一言だけ。

そうして百物語の夜は終わったのだ。

＊

かくして。

どうにかこうにか無事に怪談会を終えることができたわけだが。

「さて、言いそびれましたが、液体窒素の容器を開けっ放しにすると、大気中の酸素が冷却されて液体酸素が発生しますので、下手するとこの先爆発炎上オチですね」

という皓少年の一言で、即座に主屋まで避難するはめになってしまった。

……で、できれば、もう少し早く教えていただきたい。

(なんにせよ、一件落着――なんだよな)

意識の戻った芹沢氏は、念のため救急車で病院まで搬送され、ちなみに静流青年も芹沢氏が腕をつかんで離さなかったせいで同乗するはめになったそうだ。あの様子だと、液体窒素による殺人未遂の件は、きっと不問に付されるのだろう。

さて、問題は天井裏に残されたデュワー瓶だが、三枝さんが消防に通報してくれるとのことで、晴れてお役御免となった皓少年と青児は、夜明けを待たずに帰路についた。

が、てっきり紅子さんに迎えを頼むか、タクシーを呼ぶものと思いきや。

「さて、よかったら少しだけ歩きましょうか」

という皓少年の一言で、最寄り駅までの道を散策することになった。

(あれ、いつの間にか雨が上がってたんだな)

いつの間にか雲の消えた空には、ほんの少しだけ欠けた月が見える。雨に洗われたせいか一際澄んだ空気は、路面から立ち上る水の匂いを強く感じた。

ぽつぽつと白く灯った街路灯や、窓明かりもなく影絵のように広がる街並み、ぽつんと佇んだ自動販売機――そんな一つ一つが夜に滲むように潤んでいる。

雨夜の名残りだ。

「えーと、お疲れ様でした……でいいんですよね？」

「ふふ、呪いの手紙の差出人や、例の電話の件など、他に気になることもありますが、今夜のところはこれで一件落着ですね」

「で、ですよね？」

「まあ、言ってしまえば、極度の人間不信に至った静流さんが、芹沢さんの本心を探ることをあきらめた結果が、今夜の事件の発端だと思うので、ああして腕をつかんでいる限りは大丈夫じゃないかと」

「……ですか」

「ふふ、ですね」

と、不意に。

暗闇を見透かすように目をすがめた皓少年が、ゆるく一度かぶりをふって、

「もともと他人なんてものは、存在そのものが怪談じみてますからね。どれほど長く一緒にいても——考えても考えても、それでもわからないのが人ですから」

ぽつり、と聞こえた声は、雨の最後の一雫《ひとしずく》のようで。

ふっと息を吐いた皓少年の顔には、雨上がりにも似てどこか清々《すがすが》しい苦笑があった。

「今夜の件で、篁さんについて少しだけ身につまされました。結局は、他人でいることの覚悟が足りなかったのかもしれません——家族でいてくれることを望みながら、肝心なことはろくに話せていなかったわけですから。もっと一から語り合うべきだったんでしょう。たとえ百物語のように、話の最後に現れるのが化け物だとしても」

「……えっと」

かける言葉を探して、結局、見つけられなかった。

考えれば考えるほど、答えがわからなくなりそうで、だから青児は一度だけ深呼吸して口を開いた。たとえ答えができなくても、本心だけは見失わないように。

かつて話をすることができなかった後悔を抱えているのは青児も同じなのだから。

「あの、よかったらコンビニで焼き鳥とおでんを買って、昨日——いや、一昨日《おととい》のヤケ酒会の続きをしませんか？　俺が、皓さんと話したいので」

「ふふふ、せっかくですから公園で月見酒といきましょうか。雨も上がりましたしね」

「いい感じの飲み会レベル１００ですね！」

聞いて欲しい話があって。

聞かせて欲しい話があって。

今はただ、それだけで十分な気がした。

真っ暗闇の中、立ちつくし続けていた日々はもう終わって——今はもう二人でどこへだって行けるのだと、それを疑ったことは一度だってないのだから。

——どこにでも行けるから、互いにここにいるのだと。

だから、きっと——この先もずっと。

二人で言葉を交わしながら、同じ夜を歩いていく。

*

——夢を見た。

はっと目覚めると車の中だった。

一瞬、自分がどこにいるかわからずに混乱する。が、何度か呼吸するうちに現実感が戻ってきた。ローバーミニの後部座席だ。

　運転席には、毎度お馴染みの和風メイド姿をした紅子さんが座っている。ルームミラーに映った顔は心なしか緊張しているようだ。

——皓さんは？　と。

反射的に訊ねそうになって、すんでに呑みこんだ。

代わりにフロントガラスを見ると、音もなく雨のカーテンが降りたコンクリート敷きの駐車場の向こう——瀟洒《しょうしゃ》な外観の十五階建てマンションがそびえたっている。

皓少年はその最上階の一室にいるはずだ。それも部屋主である篁さんと一対一で。

（事前にアポイントがとってあるって言っても、実質、殴りこみだよな）

不破刑事の首なし死体から始まった事件から生還をはたして早三日目。その黒幕と目される人物——後に電話で〈西條滉〉と名乗った少女について明らかにするために。

——どうにも厭《いや》な予感がするな。

そう感じてしまう理由は、ついさっき見た夢のせいかもしれない。いや、正確には記憶だ。今から二ヶ月前の十月、白翁堂の離れで起こった殺人未遂事件の。

（まさか今、あの事件の続報を聞くことになるなんて）

目を閉じて頭の中で情報を整理する。

――あれから。

救急搬送された芹沢氏は無事だったものの、なんと救急車に同乗した静流青年が、極度の睡眠不足と栄養失調で緊急入院となってしまった。

そして静流青年の入院中、芹沢氏の張りこみによって動物の死骸を店先に置く現場を取り押さえられた犯人――呪いの手紙の差出人は、まったく予想外の人物だったのだ。

――小桜奈々花《ななか》。

二年前、結花さんが一人で心霊スポットに向かう原因となった、彼女の母親だ。

（まさか結花さんに絶縁されて以来、宗教にハマってたなんて）

心のよりどころを求めたのか、ある新興宗教団体の祈禱所にひんぱんに出入りしていたという奈々花さんは、お供えと称して多額のお布施をしていたらしい。その金額は、結花さんから復縁要請があった時には、すでに数千万円に達していたそうだ。

（しかも、復縁の条件として不良の溜まり場化した心霊スポットに一人で行くように指示したのも、自分を見捨てた結花さんに対する嫌がらせだったんだよな）

――せいぜい不幸な目に遭えばいい。

そんな邪《よこしま》な祈りが叶《かな》った結果なのか、結花さんは暴行事件によって命を落とし、母親である奈々花さんのもとには三千万円にのぼる生命保険金が転がりこんだ。

その二匹目のドジョウを狙って計画されたのが、あの呪いの手紙だったのだ。

（いや、奈々花さんにとっては罰だったのかもしれないけれど）

――お前のせいだ。

――呪ってやる。

手紙に書かれたあの言葉は〈不幸の原因〉である静流青年を呪うためのものだったのだから。人は主観に呪われている生き物ですから――という皓少年の言葉通りに、夫に裏切られ、子に捨てられた奈々花さんにとっては、自分こそが被害者だったのだろう。

そして、その計画に加担したのが、彼女の入信した宗教団体だったのだ。

「つまり静流さんを苦しめた〈呪い〉の正体は物理的な嫌がらせだったわけです。呪いの手紙を皮切りに、連日の無言電話、動物の死骸の不法投棄、そして仲間の信者たちが近所の住人を装って〈顔色が悪い〉〈死相が出ている〉と声をかけ続けることで、静流さんに〈自分はこのまま死んでしまうかもしれない〉と暗示をかけ続けたわけですね」

というのが皓少年の見解だ。

ちなみに精神的なストレスが原因となって起こる身体症状は、発熱、耳鳴り、吐き気、倦怠感――と実に多様で、そうして静流青年を自殺へと追いこもうとした彼らの目的は、その遺産と生命保険金を献金として差し出させることにあったのだ。

なのに、嫌がらせ目的の不法投棄によって警察の取調べを受けた途端、奈々花さんはあっさり教団から脱退させられてしまった。あからさまなトカゲの尻尾《しっぽ》切りだ。

(けれど、本当に怖いのは、この続きなんだよな)

教団宛てに自殺を仄めかす手紙を送った奈々花さんは、直後に失踪してしまった。が、昨夜白翁堂から届いたメールによると、四日前の夜、結花さんの殺害された廃ホテルの屋上で、変わり果てた姿となって発見されたそうだ。青酸カリによって服毒自殺した上、何者かの手で切断された生首を持ち去られて。

(また――首なし死体だ)

得体の知れない寒気に、ぶるっと背筋が震えるのを感じる。

本当に、怖い――ここ最近ずっと、怖いばっかりだ。

居ても立ってもいられない、という言葉は、こういう状況を指すのかもしれない。たとえ今は、皓少年の助手として、ただ祈ることしかできなくても。

(どうか何も悪いことが起こりませんように)

心から願う。

――たとえ祈りがなにかに届いた記憶は、これまで一度もなかったとしても。

# 第四怪　蠱《こ》あるいはエピローグ

――私こそが、怨《うら》みを呑《の》んで、人を喰《く》らう、呪い神です、と。

その一言を最後にして電話は切れた。

ただ茫然《ぼうぜん》とする皓の手に黒いスマホを残して。西條溟――と屍者《ししゃ》の名を騙《かた》った少女についてては、何一つわからないまま。

そして、あれから三日が経った今。

「呪い神――という彼女の言葉を聞いて一つ思い出したことがあります。母の死から十年の月日が経った頃、奇妙な噂を聞いたことがあるんですね」

そう切り出した皓の前には、対面のソファに腰かけた篁の姿があった。曖昧《あいまい》に微笑んだその顔は、夜更けの押しかけ客を迷惑がっているのか否か、それすら判然としない。

十五階建てマンション最上階の一室。ザアザアと絶え間なく雨の流れ落ちるガラス窓は、今はただ一枚の鏡のようだ。

「その噂によると、薬問屋の座敷牢《ざしきろう》で〈自死〉したとされる西條溟は、実はひそかに脱出した後、ある新興宗教団体にかくまわれて〈呪い神〉として信者たちに祀《まつ》り上げられているらしい——と。あの頃は、終戦を契機にした宗教ブームの真っ最中で、日本中が新教団の坩堝《るつぼ》と化してましたから、そんな噂ももっともらしく聞こえたんですよ」

——そもそもの話。

そんな噂が発生するに至った原因は、母の遺体が座敷牢から消えたことにあるらしい。出血多量によって亡くなった母の亡骸《なきがら》は、魔王・山本五郎左衛門の手によって運び出され、座敷牢の中にはおびただしい量の血痕《けっこん》だけが残された。

つまり母の死体をその目で見た人間は、実のところ誰一人いないのだ。

が、本来なら〈失踪《しっそう》〉として警察に届けるべき状況にもかかわらず、殺人の疑いをかけられることを恐れた薬問屋は、町医者に金を握らせて死亡診断書を偽造し、結果としてあらぬ噂を招くはめになったのだ。

「が、どんな噂が流れようと、現に母は死んでいるわけですから、当時はさほど気にとめなかったんですね。それで改めてあの噂について調べてみたわけですが——」

手がかりとなったのは、二ヶ月前に白翁堂で入手した宗教史の論文集だ。

在野の研究者の手で書かれたらしいその本には、終戦後に設立された新教団の一つとして〈呪い神〉を祀った教団の名がしっかりと記されていたのだ。

「出版社を介して著者に連絡したところ、その教団についてくわしく書かれた文献をお借りすることができました」

言いながら皓は、信玄袋から取り出した文献のコピーをテーブルに広げた。戦後の一時期に流行したエログロが売り物の娯楽読物——いわゆるカストリ雑誌だ。

三号で廃刊になるくだらなさ——という〈カストリ〉の名に相応《ふさわ》しく、ひたすらセンセーショナルな誌面には、ある新興宗教団体にまつわるオカルト話がつづられている。

——神呪教《かんのう》。

信者数がせいぜい百人にも充《み》たないミニカルトだ。一見、不吉な教団名には〈神から与えられたありがたい呪《まじな》い〉という意味があるらしい。

が、その実態は、座敷牢から逃げのびた鬼女——西條溟を〈呪い神〉として祀り上げる呪い代行業だったようだ。

「いわば呪詛《じゅそ》信仰の一種ですね。西條溟を〈呪いによって悪人を罰する神〉——呪詛神として祀り上げたわけです。人を呪わば穴二つ——とも言いますが、怨《うら》みや憎しみ、妬みによって怨敵や悪人を呪い殺すには、時には〈丑《うし》の刻参り〉のように自ら鬼へと変じるほどの覚悟が必要になります。しかし、それができない者たちのすがる先が、生き神として祀り上げられた鬼女、人から神へと変じた呪い神だったわけです」

呪詛とは、すなわち呪いによって人が人を罰することだ。

——生きながら地獄に堕《お》としてやりたい。

そんな怨みを抱いた祈願者たちに神呪教はこう説いたそうだ。

かつて世間を震撼《しんかん》させた〈首刈り魔〉は、西條溟の手によって自死を遂げた。耳をそぎ、頰をえぐり、片目をくりぬいて——そのすべてを口に押しこんで地獄の苦しみを味わいながら。これは〈鬼女〉である西條溟が〈首刈り魔〉を呪殺した証《あかし》であり、つまり彼女には他人を意のままに呪い、地獄へと堕とす力があるのだ、と。

なんとも馬鹿馬鹿しい話だが、この教団を畏怖する声は多かったようだ。

いわく――神呪教に呪われた者は、他宗教の教祖でさえ死を免れないらしい。

いわく――何人もの政治家や財界人が、この教団によって呪殺されたらしい。

いわく――生き神である〈呪い神〉は、まだ年端のいかない少女であるらしい。

が、五年後、突如として発生した山津波に本拠地である〈本院〉を呑みこまれた神呪教は、数人の生き残りを除いて壊滅してしまった。

「しかし噂によると、山津波が起こった時点で、本院の中にいた信者たちは、すでに全員死んでしまった後だったという話なんですね。まるで何者かに呪い殺されたかのように、互いが互いを殺し合って――山津波が本院を襲ったのはその直後だったと」

しかし真偽を確かめようにも、信者たちの遺体は山一つ分はある土砂の下だ。それきり神呪教の名は人々の記憶から忘れ去られてしまったわけだが――。

「僕は、この呪い神こそが最上芽生――西條溟の名を騙ったあの少女だったのではないかと考えています。僕が〈地獄代行業〉として罪人たちを地獄に堕としたように、彼女もまた〈呪い神〉として信者たちが怨む相手を地獄に堕としたのだろうと。が、なんらかの理由によって教団と袂《たもと》を分かった結果、彼らを皆殺しにしたんです」

そして、と皓は言葉を継いだ。

「もう一つだけ彼女についてわかっているのは、人でもなければ魔族でもない、僕と同じ半人半妖だということですね」

なぜなら、助手である青児の目には、彼女の姿が〈犬神〉として映ったのだから。

もしも彼女が魔族であれば、どれほどの罪を犯そうと照魔鏡が罪と判じることはありえない。つまり〈犬神〉の姿に変わった時点で、彼女は魔族ではありえないのだ。

しかし、自在に妖怪《ようかい》を召喚している以上、彼女が魔王・山本五郎左衛門、悪神・神野悪五郎――そのどちらかの血を引く存在であるのは疑いようのない事実だ。

「人の子でありながら魔王の血族でもある――その矛盾の答えが、僕と同じ〈魔王の血を引く半人半妖〉です。そして殺されてしまった息子たちを含め、魔王の血族の中で人間との間に子をなしたのは、魔王・山本五郎左衛門ただ一人だけのはずなんですね」

つまり、と続ける。

息苦しさにも似た痛みをこらえながら、それでも目を伏せてしまわないように。

「彼女は、僕と一緒に生まれた双子の片割れなんじゃないかと思います」

妄想――と否定すべきなのかもしれない。けれど、直感がそれを許さなかった。

今際の際に〈何を犠牲にしても、生まれた子を跡取りにすえるように〉と母が言い残したあの時、実は座敷牢の中には、もう一人の赤ん坊がいたのではないか。

しかし父親である魔王・山本五郎左衛門は、そのもう一人を座敷牢の中に置き去りにした。なぜなら性別が女である以上、決して跡取りにはなりえないから。あるいは、死んだと思って捨て置かれた赤ん坊が、後になって息を吹き返したのかもしれない。

何にせよ、座敷牢の血だまりに残された赤ん坊は、おそらくは警察や役所にも届けられないまま、人買いに売り渡されたのだろう。

その先に待ち受けていたのが、呪い神として祀り上げられ、ただひたすらに人を呪い続ける半生だったとしたら――その心を地獄に変えるには十分ではないか。

が、そこで皓は、なにかを振り払うようにかぶりを振った。小さく深呼吸すると、ただまっすぐに篁を見つめて、

「以上が、最上芽生という少女について僕の知るすべてです。それを踏まえた上で、アナタの答えを聞かせてください――彼女は一体何者なのか」

応える声は、すぐには返らなかった。

しばし沈黙した篁は、ふっと小さく息を吐いて、

「意外ですね。以前のアナタなら真っ先に私が黒幕の可能性を疑うと思ったんですが」

「……なるほど、確かにそうですね」

なるべく感情を抑えて頷《うなず》いた皓は、一呼吸分だけ目を閉じると、

「アナタには不審な点が多すぎるんです。今もって一連の事件の発端となった〈不穏なタレコミ〉について明かさないのは無論、何より気になるのは、アナタが魔王ぬらりひょんにわざと生け捕りにされた直後から、最上芽生の暗躍が始まっていることです。最悪、アナタと彼女が裏でつながっている可能性も考えられますから」

けれど――いや、だからこそ。

「疑うにしろ信じるにしろ、まずはアナタの話を聞こうと思ったんですよ。たとえ今こうしてアナタと向かい合っていることが、僕には危険そのものにしか思えなくても。諦めも、不信も、臆病《おくびょう》さも、性根にあるものは変えられなくても――それでも、もう二度と後悔したくないと思う自分を肯定できるぐらいには、強くありたいと思ったので」

そして、もしもその強さが自分の中にあるとすれば、それはきっと青児からもらったものだ。過ちを過ちとして、後悔を後悔として、誤魔化さずに向き合い続ける覚悟も。

――と。

「なるほど、確かにアナタは変わりましたね」

ぽつり、と。

雨の一滴のような、そんな呟《つぶや》きに顔を上げると、篁の顔にはかつて見たことのない笑みがあった。まるで長い間――本当に長い間、なにかを待ち続けてきたような顔で。

そして、懐から取り出したUSBメモリを、コトン、とテーブルの上に置くと、

「彼女に関するすべての情報をお渡ししますので、後ほどご覧ください。本当は私の口からお伝えしたかったのですが、どうも時間切れのようなので」

――時間切れ。

不吉なその言葉を皓が呑みこむよりも先に――。

「三日前の夜、吾川朋の生首が持ち去られました。玄関横のインターフォンに録画され

た映像を確認したところ、夜陰にまぎれて生首を持ち去る人影が映っていまして――おそらくは最上芽生と思われます」

――三日前の夜。

最上芽生の指示によって荊と皓の二人に殺しあいをさせようとした吾川朋は、最終的に荊の召喚した〈釣瓶下ろし〉の餌食となって地獄へと堕とされた。食べ残しである頭部は、てっきり荊か篁が回収したものと思っていたのだが――。

「これによって行方知れずとなった生首は、この一ヶ月半で四つにのぼることがわかりました。長江俊彦、大濱英理、吾川朋、小桜奈々花。そして四日前に廃ホテルで首無し遺体となって発見された小桜奈々花のスマホには〈最上芽生〉の連絡先が登録されていたそうです。つまり白翁堂で起きた事件は、裏に彼女の存在があったのではないかと」

やはり、と半ば目を閉じて頷いた。

となると、景山静流に〈呪いの手紙の差出人〉について嘘の密告をした電話の主もまた最上芽生だったのだろう。怨み、妬みといった潜在的な負の感情を浮き彫りにし、犯罪へと駆り立てる〈犬神〉の姿に相応しい罪人として。そして、その姿にもう一つ別の意味があったのだとすれば――。

「呪いの、とくに蠱術《こじゅつ》に関する書物を蒐集している女性研究家。それが白翁堂の顧客としての、最上芽生の肩書きだったそうです。となると、彼女が罪人たちの首を集めて回っていた理由は――」

「ええ、おそらくは造蠱《ぞうこ》の法ですね。犬神、猫鬼《びょうき》、蛇蠱《へびみこ》——蠱術とはすなわち動物の魂《こん》魄《ぱく》を操作して他者を害する呪術ですが、つまり彼女は、人の生首から蠱を造ろうとしたのではないかと。蠱術には一つの決まった呪法があるわけでもなく、それこそ術者それぞれの方式があるので一概に断定できませんが——おそらくベースとなった造蠱法は犬神のつくり方ではないかと思います。ひょっとすると荊様と皓様を殺し合わせようとしたのも、生き残った片方の首を刎《は》ねて蠱にするつもりだったのかもしれません」

「……ぞっとしませんね」

犬神のつくり方は、大きく分けて二通りある。

一つ目は、犬の首だけを出して土に埋め、餓死寸前まで飢えさせた後に、鼻先に餌を置いて、生への執着が極限に達したその瞬間に首を刎ねる方法。そして二つ目が、共食い——犬同士を殺し合わせ、生き残った方の首を刎ねる方法だ。

三日前の夜、皓と荊に命じられた殺し合いは、まさしく共食いだったのだろう。

そうして生き残った方の首を刎ね、同時に人質となった青児や棘も殺すつもりだったのだとすれば、まさに獣にも劣る所業だ。

が、何よりも問題なのは——彼女は一体なにを呪い殺そうとしていたのだろう。

と、不意に。

仄暗い雨音を縫って、しん、と静かな声がした。篁だ。

「アナタはご自分を臆病だと仰《おっしゃ》いますが、私はアナタの強さを疑ったことは一度としてありませんでしたよ。鳥籠《とりかご》の中に閉じこもったアナタが自分自身を信じきれずにいた時でさえ——だからこの先も大丈夫だと信じています」

「……なんの話ですか？」

「遺言です」

そうして続けた。ごく何気ない口ぶりで。

「どうも彼女の狙いは魔王ぬらりひょん様の呪殺にあったようで。実は吾川朋の生首が持ち去られたことが判明した時点で、もしもの時には私が身代わりになると決めていたんですよ。アナタ方が生きのびるためには、あの方の庇護《ひご》が不可欠ですから」

と、ゆらりと持ち上がった篁の手に、明らかな異常が見てとれた。

（犬——の咬《か》み痕《あと》？）

すらっとのびた指のつけ根——その手の甲に楕円《だえん》状の歯形がついている。いや、一見、犬の咬み痕に見えたそれは、明らかに人間のものだった。

尖《とが》った犬歯から平らな奥歯まで、ぽつぽつと歯形にそって血の痕が並んでいる——人が肉を噛《か》みちぎろうと歯を立てた痕だ。

その瞬間、ぷんっと悪臭を嗅《か》いだ気がした。

体の芯《しん》に沁《し》みつくような、神経を逆撫でする呪いの匂い。死臭とも腐敗臭とも違う、死にかけている獣の臭いだ。

直後だった。

ぷつん、ぷつん、と。

まるで雨の粒が弾《はじ》けるかのように、左手、喉《のど》、頬、耳——と大小さまざまな歯形が篁の全身に浮かび上がり始めた。そして、びっしりと死体に群がる蟻のように、露《あら》わになっている肌が咬み痕で埋めつくされた、その一瞬後。

音が上がった。

一斉に、おぞましい不協和音となって。

その体に浮かんだ無数の嚙み痕の下で、むしゃむしゃとなにかを咀嚼《そしやく》している音が。パキパキと骨を嚙み砕き、ぬらぬらと濡《ぬ》れた臓物をすすって、舌で肉をこそげとりながら——体の内側でなにかが喰いつくされていく音だ。

篁さん、と。

喉からほとばしった呼び声は、まるで悲鳴のようだった。

その直後に。

パン、と。

両手を打ち鳴らす音と共に、篁の上半身がゆっくりと倒れた。

テーブルに激突しなかったのは、とっさに皓がその肩をつかんで支えたからだ。が、すがるように抱き寄せた体に歯形はなかった。まぎれもなく普段通りの篁のものだ。幼い頃からずっと変わらずに。

なのに今は——ひどく冷たい。

つかんだ肩が、手の平の下でゆっくりと死につつあるように体温を失っていく。けれど、生きている。生きているのだ――今はまだ。

「――あら、残念」

声は、すぐ背後から聞こえた。

鋭く振り向いた皓の目が、声の主をまっすぐにとらえる。

そこには、もう一人の自分がいた。

初めは鏡像だと思った。リビングの壁半分を占めるウォールミラーに、皓自身の姿が映っているのだと。

死に装束にも似た白い着物の肩に、薄墨でえがかれた大輪の花弁を広げて。しかし、よく見るとそれは、牡丹《ぼたん》ではなく黒百合だった。

呪い――という花言葉に相応しく咲き誇る、冥《くら》がりの呪花《じゆか》だ。

「初めまして、ですね」

鏡の中で少女が微笑う。

童女のように小首を傾げながら、唇の端を持ち上げて。

まるでたった今微睡《まどろ》みから醒めたばかりのように、ゆるりと重たげに瞬きをしたその貌は、鼻から目、唇まで寸分違わず皓と生き写しだった。

ドッペルゲンガー。分身。鏡像。

――あるいは、双生児。

そして、もう一人の自分と出会うことは、古の昔から伝えられる死の予兆なのだ。

と、電子音が鳴り始めた。スマホの着信音だ。

音の出所を探して気づく。信玄袋の底で鳴っているのは、つい三日前に彼女と通話した黒いスマホだった。

スマホの電子音は鳴り続けている。まるで犬の遠吠えか、哄笑《こうしょう》のように。途端に皓は、かつて耳にした吾川朋という罪人の哄笑を思い出した。

嘲るように。

蔑《さげす》むように。

ぽっかりと笑いの形に裂けた唇で、ぬらぬらと唾液《だえき》に濡れて光る犬歯をさらしながら。

狂った獣が――いや、あるいは地獄に堕ちた亡者の吠《ほ》え声のように。

そして、その声は確かに嗤ったのだ。

――お前らみんな死んじまえ、と。

〈主要参考文献〉

『戦前昭和の社会 1926－1945』（講談社 井上寿一 2011年）
『「月給100円サラリーマン」の時代 戦前日本の〈普通〉の生活』（筑摩書房 岩瀬彰 2017年）
『乱歩と東京 1920 都市の貌』（PARCO出版局 松山巖 1984年）
『乱歩とモダン東京 通俗長編の戦略と方法』（筑摩書房 藤井淑禎 2021年）
『江戸川乱歩大事典』（勉誠社 落合教幸他編 2021年）
『日本のすまいI』（勁草書房 西山夘三 1975年）
『集合住宅物語』（みすず書房 植田実 2004年）
『物語としてのアパート』（彩流社 近藤祐 2008年）
『自転車に乗る漱石 百年前のロンドン』（朝日新聞社 清水一嘉 2001年）
『明治・大正・昭和 華族事件録』（新潮社 千田稔 2005年）
『日本のタクシー自動車史』（三樹書房 佐々木烈 2017年）
『犬神家の戸籍 「血」と「家」の近代日本』（青土社 遠藤正敬 2021年）
『影の現象学』（講談社 河合隼雄 1987年）

『怪異と遊ぶ』（青弓社　怪異怪談研究会監修・一柳廣孝・大道晴香編著　2022年）
『宮本常一著作集30　民俗のふるさと』（未來社　宮本常一　1984年）
『幻覚の脳科学　見てしまう人びと』（早川書房　オリヴァー・サックス　2018年）
『シャーロック・ホームズの科学捜査を読む　ヴィクトリア時代の法科学百科』（河出書房新社　E・J・ワグナー　2009年）
『不完全犯罪ファイル　科学が解いた100の難事件』（明石書店　コリン・エヴァンス　2000年）
『東京検死官　三千の変死体と語った男』（講談社　山崎光夫　2007年）
『近世怪異小説研究』（笹間書院　太刀川清　1979年）
『百物語の百怪』（同朋舎　東雅夫　2001年）
『百物語の怪談史』（KADOKAWA　東雅夫　2007年）
『一生忘れない怖い話の語り方　すぐ話せる「実話怪談」入門』（KADOKAWA　吉田悠軌　2021年）
『眠れなくなるほど面白い　図解　建築の話』（日本文芸社　スタジオワーク　2020年）
『妖怪事典』（毎日新聞社　村上健司　2000年）
『妖怪文化の伝統と創造　絵巻・草紙からマンガ・ラノベまで』（せりか書房　小松和彦編　2010年）

『日本宗教の戦後史』（三交社　菅田正昭　１９９６年）
『呪いの研究　拡張する意識と霊性』（トランスビュー　中村雅彦　２００３年）
『中国最凶の呪い　蠱毒』（彩図社　村上文崇　２０１７年）

本書は書き下ろしです。

# 地獄《じごく》くらやみ花《はな》もなき 捌《はち》

## 冥《くら》がりの呪花《じゆか》、雨《あめ》の夜語《よがた》り

路生《みちお》よる

令和5年 2月25日　初版発行

発行者●山下直久

発行●株式会社KADOKAWA
〒102-8177　東京都千代田区富士見2-13-3
電話　0570-002-301（ナビダイヤル）

角川文庫 23538

印刷所●株式会社暁印刷
製本所●本間製本株式会社

表紙画●和田三造




ISBN 978-4-04-113005-6　C0193

◇◇◇

# 角川文庫発刊に際して

角川源義

第二次世界大戦の敗北は、軍事力の敗北であった以上に、私たちの若い文化力の敗退であった。私たちの文化が戦争に対して如何に無力であり、単なるあだ花に過ぎなかったかを、私たちは身を以て体験し痛感した。西洋近代文化の摂取にとって、明治以後八十年の歳月は決して短かすぎたとは言えない。にもかかわらず、近代文化の伝統を確立し、自由な批判と柔軟な良識に富む文化層として自らを形成することに私たちは失敗して来た。そしてこれは、各層への文化の普及滲透を任務とする出版人の責任でもあった。

一九四五年以来、私たちは再び振出しに戻り、第一歩から踏み出すことを余儀なくされた。これは大きな不幸ではあるが、反面、これまでの混沌・未熟・歪曲の中にあった我が国の文化に秩序と確たる基礎を齎らすためには絶好の機会でもある。角川書店は、このような祖国の文化的危機にあたり、微力をも顧みず再建の礎石たるべき抱負と決意とをもって出発したが、ここに創立以来の念願を果すべく角川文庫を発刊する。これまで刊行されたあらゆる全集叢書文庫類の長所と短所とを検討し、古今東西の不朽の典籍を、良心的編集のもとに、廉価に、そして書架にふさわしい美本として、多くのひとびとに提供しようとする。しかし私たちは徒らに百科全書的な知識のジレッタントを作ることを目的とせず、あくまで祖国の文化に秩序と再建への道を示し、この文庫を角川書店の栄ある事業として、今後永久に継続発展せしめ、学芸と教養との殿堂として大成せんことを期したい。多くの読書子の愛情ある忠言と支持とによって、この希望と抱負とを完遂せしめられんことを願う。

一九四九年五月三日

# 雨宮兄弟の骨董事件簿《アンティーク・ファイル》

高里椎奈

**訳アリ兄弟と世話焼き刑事の骨董ミステリ!**

---

潮風香る港町、横浜の路地裏に佇むダークブラウンの小さな店、雨宮《あまみや》骨董店。才能豊かな若きディーラー・雨宮陽人《はると》が弟と共に切り盛りする店だ。しかしこの兄弟、生活能力に欠ける所があり、陽人の友人で刑事の本木匡士《はんもくきようじ》が面倒を見ている。ある日、匡士が店を訪れると、陽人が女子高校生二人組に依頼され、カメオの鑑定の真っ最中だった。陽人が買い取りを拒否し、二人は立ち去るが、直後、付近で高価なカメオの盗難事件が発生し……!?

角川文庫のキャラクター文芸

ISBN 978-4-04-112949-4

ISBN 978-4-04-113180-0